Pour Philippe Claudel,

Le Livre de la rentrée

enfin !

Très amicalement,

DU MÊME AUTEUR

La Folle du roi
Fleuve noir, 1982

Le Zen de nos grands-mères
Seuil, 2008

La Publicité
PUF, « Que sais-je », 2013

L'Espion qui venait du livre
Rivages/Noir, 2014
La Manufacture de livres 2022

Un trou dans la toile
Rivages/Noir, 2016
Grand Prix de Littérature policière

Les Dix Meilleurs Films de tous les temps
Marest, 2017

Le Polar de l'été
La Manufacture de livres, 2017

Un petit chef-d'œuvre de littérature
Marest, 2018

Le Dernier Thriller norvégien
La Manufacture de livres, 2019

Le Fils du professeur
La Manufacture de livres, 2021

L'Invention du cinéma
Marest, 2022
Prix Transfuge 2022

Luc Chomarat

Le Livre de la rentrée

roman

la manufacture de livres

ISBN 978-2-38553-004-4

Si vous souhaitez recevoir notre catalogue
et être tenu au courant de nos publications,
envoyez vos nom et adresse, en citant ce livre à :

La Manufacture de livres, 101 rue de Sèvres, 75006 Paris
ou
contact@lamanufacturedelivres.com

Efforce-toi de ne pas être de ton temps.

Lichtenberg

À ma femme

Delafeuille tomba immédiatement sous le charme de Delphine. Sa haute silhouette, son élégance, la vivacité de sa démarche, une certaine gaucherie préservée, ce sourire solaire et désarmant, elle était bien telle que Luc l'avait décrite : une femme unique, comme on n'en rencontre qu'une seule fois dans une vie, ou, ainsi qu'il l'avait précisé, comme il n'en existe qu'en littérature.

– Bonjour. Je suis Delphine.

– Oui, j'avais deviné.

Malgré lui il s'inclina légèrement. Depuis l'arrivée du Covid en Occident on n'avait plus à poser la question de rigueur : « On s'embrasse ? » On ne s'embrassait plus. On ne se serrait plus la main, et quant à singer ces gestes des jeunes générations, il n'en était pas question.

– Luc est en plein travail. Vous le connaissez, il est hors d'atteinte dans ces moments-là. J'ai proposé de venir vous chercher. Il ne l'aurait pas demandé, mais j'ai bien vu qu'il était soulagé.

Il rit avec elle. Il se sentit immédiatement à l'aise, et remercia le ciel de cette aubaine. Il n'était en général pas à l'aise avec les femmes, et moins encore avec les femmes des autres. Surtout, combien de fois avait-il perdu un ami, parce que celui-ci avait décidé de convoler avec une créature objectivement insupportable ?

– Je suis garée là-bas. Voulez-vous que je vous aide ?

– Non, ça va, dit Delafeuille en balançant son sac sur son épaule. Je suis un vieux monsieur, mais pas encore tout à fait impotent.

– Je vous ai vexé.

– Pas du tout. Nous avons le même âge, Luc et moi, vous savez. Ou vous aurait-il menti sur ce point ?

À nouveau, il rit avec elle. Ils sortirent de la gare. Le soleil était encore haut, c'était presque l'été indien, ici dans le Sud-Ouest. La petite valise à roulettes de Delafeuille faisait un bruit infernal sur le bitume, qui lui fit prendre conscience du silence qui régnait à Farsac. Que disait encore son guide ? Mille cinq cents habitants, quelque chose comme ça. *1275 âmes*. Elle tendit le bras et deux lumières brèves ponctuées d'un étrange bruit de baiser indiquèrent que c'était là sa voiture, une petite BMW électrique. Comme beaucoup de vrais Parisiens, Delafeuille n'y connaissait rien en automobiles, sujet qui ne l'intéressait absolument pas, mais il ne comprenait pas très bien l'utilité de ce genre de voiture, évidemment pensée pour la ville, dans un lieu aussi isolé. Il se garda bien d'en faire la remarque, ne sachant comment elle le prendrait. Elle l'invita à poser ses bagages sur la banquette arrière, le coffre étant « encombré de tout un tas de choses pour les animaux ».

La voiture démarra dans un silence total, qui le prit au dépourvu. Il n'était pas habitué aux voitures électriques.

– Ah, c'est étonnant. Alors, vous y croyez ?

– Quoi donc ?

– La transition écologique, tout ce dont on nous rebat les oreilles depuis quelques années.

– Oh, Luc et mon fils ont eu cette discussion interminable sur l'impact réel de…

– Oui ?

– Vous en parlerez avec eux, si vous voulez. (Elle rit à nouveau, un rire joyeux, clair, enfantin, si différent des ricanements mondains auxquels il était habitué.) Vous connaissez Luc, c'est une encyclopédie vivante. Il paraît qu'un expert avait prévu la fin des énergies fossiles pour 2015. Et il n'y a jamais eu autant d'essence à disposition, semble-t-il. Mais je la trouve très mignonne, cette voiture. Et puis c'est tellement agréable à conduire.

Ils traversèrent le petit village de Farsac, que Delphine qualifia d'adorable, et qui l'était effectivement, avec ses maisons de pierre ocre aux tuiles carmin. C'était peut-être un peu trop propre à son goût à lui, il trouva que ça avait un petit côté Disneyland. Elle lui montra au passage la cour de l'école, sur laquelle on avait une vue plongeante depuis la petite rue qu'elle emprunta, le village étant sur une butte.

– C'est Tommy, là-bas. L'anorak rouge. Vous le verrez ce soir.

Delafeuille hocha la tête. Il était difficile d'imaginer cette femme avec des enfants, il n'aurait su dire pourquoi. Peut-être parce qu'elle semblait si jeune.

En contrebas coulait la Garonne, et au-delà s'étendaient les champs de vigne, à perte de vue dans la lumière dorée de cette matinée, et Delafeuille fut frappé de l'impression de plénitude qui émanait du décor. Décidément il avait eu raison d'accepter l'invitation de Luc. Il se demanda si lui aussi n'allait pas quitter Paris, un de ces jours.

– Là, c'est mon coiffeur, dit Delphine en montrant une petite boutique blanche et nette comme une clinique, encastrée entre deux maisons en pierre. Un homme très demandé. Il n'y en a pas d'autre dans un rayon de vingt kilomètres.

Delafeuille était fasciné par ses mains, ses gestes aristocratiques tandis qu'elle désignait tour à tour l'église, le restaurant gastronomique et le club du troisième âge.

– Nous irons bientôt, dit-elle en riant. Je veux dire, au restaurant.

Delafeuille rit aussi, cette fois par politesse. Il n'aimait pas trop penser à son âge.

Moins d'un kilomètre après la sortie du village, elle engagea la voiture dans une route étroite qui indiquait la direction d'un lieu-dit : les Trois Ormes. Quelques propriétés distantes et ombragées se succédèrent. La cinquième était celle de Luc. Delphine prit un bip sur la console centrale et le portail de fer forgé s'écarta à l'approche de la BMW.

– Nous y sommes, dit-elle.

Elle se gara à l'ombre d'un grand arbre qu'il renonça à identifier, à côté d'une autre voiture, un gros pick-up aux marchepieds chromés comme on en voyait dans les films américains. Devant eux des VTT étaient alignés sous un petit abri en bois.

Il mit pied à terre. Il ne découvrait pas vraiment la maison, dont Luc lui avait envoyé des photos par courriel. Mais elle était là dans son contexte, baignée de l'odeur des pins et du chant des oiseaux : une vieille maison de pierre avec un étage, flanquée d'un conduit de cheminée extérieur et d'une extension au design moderniste, mélange savamment orchestré de grandes baies vitrées et de poutres de chêne. Une pelouse soigneusement entretenue, des massifs de fleurs, des cyprès. « Écoute, ce n'est pas la mafia russe, avait dit Luc au téléphone, mais c'est quand même une jolie petite maison avec piscine. Tu auras ta chambre, et même une entrée indépendante. »

Il chercha la piscine des yeux, ne la vit nulle part, en conclut qu'elle devait être derrière la maison et qu'il y avait donc encore du terrain. Luc faisait partie de ces rares privilégiés qui arrivent à vivre de leur plume, et semblait-il, à en vivre très bien. Rien d'étonnant. Par curiosité, Delafeuille avait regardé où en étaient ses ventes avant de venir. De ce côté-là, tout allait bien, les GfK étaient bons. Il se sentit flatté de faire partie de ses amis, et même d'être suffisamment intime pour qu'on l'invite à passer quelques jours avant l'arrivée de l'automne.

– Je vais vous montrer votre chambre. Luc s'est enfermé dans son cabanon. Il a dit qu'il nous rejoindrait pour l'apéritif. Donc, je ne sais pas, si vous voulez d'abord vous rafraîchir…

Il la suivit à l'intérieur de la maison. Comme il s'y attendait, c'était décoré avec goût. Le salon et la cuisine américaine, meublés avec précision, semblaient tout droit sortis d'un film des années cinquante.

La chambre d'amis était à l'étage, au fond du couloir, à côté de la salle de bains.

– C'est le seul problème, il n'y a qu'une salle de bains. Elle est très grande, très agréable, mais voilà. Nous devons nous la partager. J'ai mis une serviette sur votre lit.

– C'est très aimable. Merci de m'accueillir chez vous.

– C'est un honneur. Donc, c'est bien vous.

Il la regarda, un peu surpris.

– Delafeuille, dit-elle. L'éditeur de fiction.

Il mit un moment à comprendre, puis se détendit soudain.

– Ah, oui. Oui, bien sûr, c'est moi. J'avais oublié cette histoire.

Elle lui sourit.

– Bon. Si vous avez besoin de quoi que ce soit, je suis sur la terrasse. Derrière la maison, précisa-t-elle.

Elle virevolta sur elle-même et descendit l'escalier en sautillant, à la manière d'une adolescente. Troublé, Delafeuille posa ses bagages, s'assit sur le lit et, sans trop se rendre compte de ce qu'il faisait, déplia la grande serviette éponge sur ses genoux.

Il soupira. L'éditeur de fiction.

Il n'avait pas envie de vivre ça à nouveau.

Il regarda autour de lui. La chambre, comme le reste de la maison, était élégante et sobre, dans les tons pastel. On avait l'impression de se déplacer à l'intérieur d'une estampe japonaise. Par la fenêtre entrouverte lui parvenaient le silencieux mouvement des arbres et, de loin en loin, le chant étrange et strident d'un oiseau isolé. *L'Oiseau à ressort*, pensa-t-il. Il haussa les épaules. « Est-ce que tu peux arrêter cinq minutes de penser à des livres ? Tu es en vacances… Ou presque. »

Oui, il avait eu raison d'accepter l'invitation. Les derniers mois à Paris avec le port du masque avaient été éprouvants, en tout cas pour lui, et il espérait trouver ici le calme et la verdure, et ma foi, c'est bien ainsi que les choses se présentaient. C'était calme et c'était vert. Et Delphine était charmante.

Pourtant, quelque chose le mettait mal à l'aise.

Il n'arrivait pas à mettre le doigt dessus. C'était absurde. À nouveau, il haussa les épaules. Tout va bien, se dit-il. Ce n'est que moi. Je n'ai pas l'habitude que les choses aillent bien. Cela doit m'angoisser, d'une certaine façon.

La serviette toujours en main, il se dirigea vers la fenêtre, l'ouvrit en grand. La chambre donnait sur l'arrière de la maison : un petit toit de tuiles qui devait surplomber la terrasse, au-delà la piscine, plus de dix mètres de long semblait-il, le tour en bois de teck brillant comme du métal, plus loin du vert et des arbres, et dans le fond de la propriété, un petit local en pierres apparentes, au toit visiblement refait à neuf, qui ressemblait à un modèle réduit de l'habitation principale et qu'il devina être « le cabanon ».

« Les auteurs à succès se ressemblent tous, pensa-t-il. Une jeune et jolie femme, de dix à quinze ans leur cadette, un petit coin solitaire pour créer pendant qu'elle prépare l'apéro. » Il soupira. « C'est parfois difficile de ne pas les détester. »

Il prit sa trousse de toilette dans le sac de voyage, ainsi que des sous-vêtements propres. Dans le couloir, il croisa un chat tigré, qui leva sur lui un regard inintéressé, en même temps réprobateur, comme font les chats quand ils constatent la présence inopinée d'un intrus dans leur maison. Delafeuille, qui aimait les chats, depuis toujours les compagnons des gens de lettres, ne s'en formalisa pas.

Il passa dans la salle de bains, émit un petit sifflement. À Paris, on appelait ça un appartement.

Il se déshabilla, fut surpris de se voir en pied dans la glace murale, un spectacle auquel il avait fait en sorte d'échapper ces dernières années. Delafeuille n'avait jamais eu une haute opinion de son enveloppe corporelle. Il s'était vu en entier et sous toutes les coutures, pour la première fois lors d'une visite médicale, avant l'entrée au collège, et il en avait été terriblement déçu. Les années avaient passé sans apporter de démenti spectaculaire à cette première prise de contact, et l'âge avec son cortège de petites détériorations progressives avait définitivement clos le dossier. Delafeuille évitait de penser à son physique. Non qu'il y ait matière à débattre. On n'était pas non plus dans *Elephant Man*. Il était tout simplement un homme ordinaire. Bon, de petite taille. D'accord, qui perdait ses cheveux. Oui, du ventre. Un peu. Qui n'en avait pas, à son âge ?

La réponse était évidente. Luc n'avait pas de ventre. Oui, bon. Il passa dans la cabine de douche.

L'eau chaude fut là immédiatement, avec la pression souhaitée, mettant fin à deux de ses craintes très précises concernant un éventuel séjour à la campagne. La vitre de la cabine s'embua. Il n'arrivait pas à se détendre. Le malaise persistait. La glace murale, qu'il voyait toujours, devenait une surface opaque. *Les miroirs et la copulation sont abominables*... Voyons, qui est l'auteur de cet intéressant parallèle... Borgès ? C'est probablement Borgès. Est-ce que tu peux arrêter cinq minutes ?

Il attrapa la serviette, se frictionna vigoureusement. Ce miroir, pensa-t-il avec une audace qui le stupéfia, ce miroir la connaît, il sait exactement à quoi elle ressemble toute nue.

Il enfouit sa tête dans la serviette, y demeura presque une minute, puis la laissa glisser lentement sur ses clavicules. Son reflet lui souriait gentiment.

« Rêve », prononça-t-il.

Comme il s'apprêtait à redescendre l'escalier, il avisa les deux étagères remplies de livres, un peu plus loin dans le couloir. Incapable de résister, il s'approcha de la plus haute des deux. C'était un réflexe chez lui, pas seulement un réflexe professionnel. Il avait toujours été curieux de ce que les gens lisaient, c'était (à son avis) très révélateur. De leurs centres d'intérêt, de leurs goûts évidemment, de leur bagage culturel, de leur niveau d'éducation, mais aussi de leurs rêves, de leurs frustrations, de leur conception de la vie, de leurs conversations secrètes.

Il s'aperçut qu'il ne connaissait pas Luc aussi bien qu'il le croyait. Il mit un certain temps à retrouver ses titres fétiches, en tout cas ceux qu'il connaissait comme tels : les contes d'Andersen, Henri Michaux. Saroyan, Salter, Selby. Borgès évidemment. Stevenson et Gaston Leroux. Ils étaient perdus au milieu d'auteurs dont il n'avait jamais entendu parler, et dont les noms étaient souvent imprononçables : deux romans d'un nommé Tan Twan Eng, un recueil de László Krasznahorkai. Plusieurs titres de Laura Kasischke, Keigo Higashino, Kenji Miyazawa. Ceux-là, il voyait vaguement qui c'était. Pas beaucoup d'auteurs français, pas même ses propres titres, ou alors ils étaient ailleurs. Il dormait peut-être avec, pensa-t-il avec un petit ricanement. En tout cas, ce n'était pas là qu'on allait trouver le livre de la rentrée. Luc lisait de préférence des morts, des inconnus, des bridés. Delafeuille fit la grimace. Le livre de la rentrée. Il avait presque oublié. Paris semblait si loin.

Un petit bouddha en plastique, souriant, libre de tout attachement ici-bas, trônait seul sur un rayon vide. Sur le rayon d'à côté, il eut la désagréable surprise de trouver *Le Dernier Thriller norvégien*. Et son préquel, *L'Espion qui venait du livre*. Voilà qui expliquait la remarque de Delphine. Elle les avait lus, naturellement. Il espérait qu'elle n'avait pas pris cela trop au sérieux.

Il la trouva sur la terrasse, comme elle l'avait dit, en compagnie d'un chien. Un beagle de petite taille, qui bondit aussitôt vers lui, se dressa sur ses pattes arrière pour poser ses coussinets couverts de terre sur le pantalon de lin clair qu'il avait choisi avec soin pour la soirée.

– Pablo ! appela Delphine sans le moindre succès.

Delafeuille se pencha en avant, attrapa l'animal par ses grandes oreilles.

– Ne vous inquiétez pas. J'adore les chiens.

Soudain le beagle trouva un nouveau sujet de préoccupation, traversa la terrasse en flèche et bondit dans le jardin. Delafeuille, libre de ses mouvements, s'approcha en époussetant son pantalon, qui par miracle n'avait pas trop souffert.

– Je suis désolée. Je l'avais enfermé dans la réserve pour votre arrivée. Mais au bout d'un moment…

Le beagle courait de droite et de gauche, plaquait sa truffe au sol, repartait de plus belle. Il se mit à cavaler autour de la piscine, les oreilles au vent, sans autre but, semblait-il, que de se dégourdir les pattes. Elle écarta les bras, en un geste fataliste. Il remarqua qu'elle portait des gants de jardin.

– Vous étiez occupée.

– Mes plantes. Je les ai un peu négligées ces derniers jours. Mais j'ai fini. Est-ce qu'un jus de fruit vous ferait plaisir ?

– Ah, volontiers.

Elle retira ses gants, en tirant délicatement sur les doigts, un par un. Delafeuille la regarda faire, fasciné. « Il faut que tu te calmes », pensa-t-il.

– Asseyez-vous. Je vous apporte ça. Jus d'orange ? Pamplemousse ? J'ai aussi du Coca, si vous voulez.

– Jus d'orange, c'est parfait.

Delafeuille prit place à la grande table de jardin, qui était évidemment l'œuvre d'un designer connu, même si lui ne le connaissait pas. Tous les objets dans cette maison avaient été choisis avec beaucoup d'attention, c'était évident même pour lui, qui se considérait comme un béotien en matière de déco. Un autre aurait peut-être su mettre un nom – et un prix – sur tout ce qui participait de cette sensation d'harmonie, présente jusque dans le moindre détail, au point qu'elle en était presque douloureuse.

Delphine était de retour avec le verre de jus d'orange, et un verre plus petit, rempli de glaçons. Delafeuille remercia, engloutit la moitié de son verre d'une seule traite.

– Vous en voulez un autre ? Je vais quand même dire à Luc que vous êtes là.

– N'en faites rien. Vous disiez qu'il nous rejoindrait pour l'apéritif.

– Bien sûr. Mais…

– Vous savez, il y a des années que nous ne nous sommes pas vus. Cela peut attendre encore un peu.

Luc relut ce qu'il venait d'écrire. Il n'était pas satisfait.

Il était conscient que la réussite du livre reposait pour une bonne part sur la description du personnage féminin. De ce côté-là, il était évident qu'il s'en sortait mal, jusqu'ici. En dépit de tout ce à quoi il s'était promis de faire attention, il ne parvenait pas à le faire exister, en tout cas, pas autant qu'il l'aurait voulu.

Il avait tendance à idéaliser les femmes. Malgré ses nombreuses aventures et ses mariages à répétition, il en avait toujours un peu peur. Peur de les toucher, de leur parler, comme au collège. *Comme un collégien.* Peur de leur existence autonome, finalement. Il aurait préféré qu'elles restent des idées. Des idées de femmes. Freud expliquerait ça très bien. En tout cas, là sur la page, on avait une idée de femme, pas encore une femme. Elle peinait à apparaître.

Et d'ailleurs, elle disparaissait assez vite. Chassez le naturel, il revient au galop. Le personnage masculin prenait le dessus, on restait avec lui, et là ça se passait bien, on sentait l'empathie. Il soupira. Les personnages d'une fiction font un peu ce qu'ils veulent, il le savait bien. C'est un phénomène que connaissent seulement les romanciers, ceux qui s'adonnent à cette activité étrange qui consiste à bercer leurs contemporains d'histoires imaginaires, pour les aider à supporter la réalité. Très vite, les marionnettes créées par le romancier vivent leur propre vie, vont parfois jusqu'à contredire l'intrigue, disent leur propre texte. C'est une vraie difficulté. Les Anglo-Saxons ne parlent pas pour rien de *character-driven plots*. Ce sont bien eux, les personnages, qui conduisent, qui dirigent l'histoire.

C'était d'ailleurs, peut-être, une des raisons pour lesquelles il avait du mal à faire exister la femme. On ne se refait pas. S'il avait du mal, dans la vie, à leur reconnaître leur autonomie, comment pourrait-il les laisser aller librement sur la page ? Question intéressante.

Il se leva, regarda par la fenêtre du cabanon. L'autre pomme était arrivée. Est-ce que c'était une bonne idée de l'avoir invité dans le Sud-Ouest ? Ici, aujourd'hui, dans *ma* vie ? Il était si loin de son univers habituel. Est-ce que ça pouvait fonctionner ?

Et lui-même, devait-il intervenir dans l'intrigue ? Il avait hésité sur ce point. Il hésitait encore. Il se connaissait suffisamment pour savoir qu'il allait avoir envie de se répandre. Il n'était pas meilleur que les autres. Là, pour le coup, on allait très vite tomber dans le *male gaze*. Il allait forcément se laisser aller à une masculinité débridée, d'une façon ou d'une autre, c'est ce qu'ils font tous. Oh, il le ferait intelligemment. Mais quand même.

Il soupira. Il avait conscience d'appartenir à une génération en perdition, qui ne comprenait pas son époque. Il n'y tenait pas plus que ça, d'ailleurs. Pour lui, l'époque avait tort, et c'est lui qui avait raison. Des tas de vieux cons avaient pensé ça avant lui. Pourquoi s'en sortirait-il mieux ?

Lors de son dernier séjour à Paris, il avait signé un contrat avec Playlist Society, la petite boîte branchée qui publiait des bouquins sur le cinéma, la musique, le jeu vidéo. Le jeune homme qui tenait la boîte lui avait cité tout un tas de groupes dont il n'avait jamais entendu parler. Il avait eu l'impression de causer avec Tommy. Un moment de grande solitude. La planète continuait de tourner sans lui.

Delphine avait lâché le beagle, qui sautait dans tous les coins, caracolait autour de la piscine. Et le bus scolaire s'arrêtait devant la maison, libérant Tommy et les autres enfants des Trois Ormes. La vie continuait à l'extérieur.

Il retourna s'asseoir devant le Mac. Encore quelques pages, et il irait rejoindre les autres.

– Je vous présente Tommy.

Delafeuille n'avait pas d'enfants, et cela ne lui manquait pas. Les enfants qu'il connaissait étaient des nuisances. Et même ceux qu'il ne connaissait pas. Les enfants étaient bruyants. Ils réclamaient sans cesse. Ils tyrannisaient tous les parents de sa connaissance. On ne pouvait parler de rien avec eux. Il préférait éviter leur fréquentation.

Tommy, debout aux côtés de sa mère, lui arrivait aux hanches. C'était une chose frêle et pâle, aux cheveux bouclés et aux yeux fixes.

– Euh, bonjour Tommy.

– Monsieur Delafeuille est notre invité pour le week-end. C'est un des éditeurs de papa.

– Bonjour monsieur Delafeuille.

– Quel âge as-tu, Tommy ?

– Dix ans. Et vous ?

– Eh bien… Tu me fais voir ta chambre ?

La manœuvre de diversion réussit. Renonçant à sa question, Tommy l'entraîna au fond du couloir. Un carillon retentit.

– Ah, mes invités, dit Delphine. Mes autres invités. Je vous laisse socialiser.

La chambre de Tommy était rangée au cordeau, presque monacale. Rien ne traînait et tout était aligné avec un soin maniaque : les figurines Pop, les robots, les temples en Lego, un nombre impressionnant de disques vinyles.

– Surtout du rap US, précisa Tommy, mais j'ai aussi du rap français. J'ai Spotify évidemment, mais j'aime bien avoir les objets. J'aime bien les regarder, les tenir dans mes mains. Je les écoute jamais en bas, de toute façon. Je pourrais pas, à cause des paroles. Maman pourrait pas supporter.

– Mais, euh, ah, bafouilla Delafeuille.

– Vous aussi vous écrivez des livres ?

– Non, non. C'est trop difficile. Je me contente de les publier. Et toi, Tommy, est-ce que tu lis ?

– Oui, bien sûr.

– Et qu'est-ce que tu lis ?

– *Dragon Ball. Naruto. Demon Slayer.*

L'enfant montra son étagère. Les petits volumes de couleur étaient alignés avec soin. Évidemment, pensa Delafeuille. Des mangas.

– Vous pouvez constater que j'ai presque tous les *Dragon Ball* en édition collector. Les exemplaires d'origine, vous savez. Les pastel.

Delafeuille regarda poliment. Une des rangées de mangas sagement alignés présentait effectivement un joli dégradé pastel, orchestré de volume en volume. Ce n'était pas son rayon, pour le dire prosaïquement, mais il pouvait apprécier l'effet produit, qui s'accordait si bien avec l'ambiance générale de la maison.

– Ils coûtent une blinde, précisa Tommy.

– Et… tu ne lis pas de vrais livres ?

– Ce sont des vrais livres.

– Oui, bien sûr. Je veux dire, des livres comme ceux que lisent tes parents. Des livres sans images.

– Je lis des romans *Star Wars*.

– Des quoi ?

Tommy en prit un sur l'étagère pour lui montrer.

– Je préfère ceux qui parlent de l'univers étendu. Les livres du canon sont moins inventifs, je trouve.

– Je vais rejoindre ta maman. Tu viens avec moi ?

– Non, vous allez prendre l'apéro et parler de trucs. Maman a dit qu'elle me ferait manger avant. Je préfère.

Delafeuille croisa le chat dans le couloir. Et Pablo l'attendait en bas des escaliers en remuant la queue. Tous ces petits animaux, pensa-t-il. Ce devait être du boulot.

– Muriel et Franck, présenta Delphine. Monsieur Delafeuille, un des éditeurs de Luc.

– Enchanté.

Delafeuille serra les deux mains tendues. Muriel était une femme distinguée, aux manières un peu rigides. Franck un bonhomme d'allure joviale, qui arrivait à l'épaule de sa compagne, ou de sa femme, on n'avait pas précisé. Tous deux portaient des vêtements de bonne coupe, sans le moindre signe ostentatoire. Évidemment des gens d'un certain milieu, qui n'avaient rien à prouver socialement.

– J'espère que Tommy ne vous a pas ennuyé.

– Absolument pas, nous avons parlé, euh, musique et littérature. C'était très intéressant, assura Delafeuille.

Delphine le remercia d'un de ses sourires solaires.

– Luc n'est pas là ? demanda Franck.

– Dans son cabanon. Il travaille.

– Ah. Le génie est à l'œuvre.

– Heureusement qu'il ne t'entend pas, dit Muriel. La dernière fois que tu l'as *traité* de génie, il t'a engueulé.

– Oui, c'est son goût de la contradiction, marmonna Franck. En fait, il est tout à fait persuadé d'être un génie.

Delphine regarda sa montre. Une Poiray, nota Delafeuille. Elle ne la portait pas tout à l'heure. Il aimait vraiment ses gestes, ses grandes mains en mouvement, il n'aurait su dire exactement pourquoi.

– Il ne devrait pas tarder à nous rejoindre, d'habitude il s'arrête à peu près dans ces eaux-là. Mais asseyez-vous. Qu'est-ce que vous voulez boire ? Muriel ?

– Ah, je suis toujours partante pour un verre de blanc.

– Un Nikka, dit Franck.

– Monsieur Delafeuille ?

– Eh bien… je ne sais pas. Qu'est-ce que c'est, un Nikka ?

– Un whisky japonais. Luc est très amateur de whisky japonais.

– Je vais peut-être me laisser tenter, alors.

– Asseyez-vous. J'apporte tout ça.

– Je vais vous aider.

– Certainement pas. Asseyez-vous.

Delafeuille obtempéra. Muriel descendit dans le jardin, quitta une de ses tongs, trempa ses orteils dans la piscine.

– Il y a longtemps que vous connaissez Luc ? demanda Franck.

– Oh, je ne sais plus trop. Oui, ça fait un bail. Mais nous ne nous sommes pas beaucoup vus, ces derniers temps. Ce sont plutôt des retrouvailles.

Delafeuille nota que la situation ressemblait étrangement au dernier texte dont il avait supervisé la publication, *Le Colonel Moutarde*. L'auteur y parodiait une certaine littérature en vogue, que les gens du marketing, jamais avares de néologismes, désignaient sous le nom de *cosy mystery* : des livres qui singeaient les classiques anglais du roman à énigme, Agatha Christie, John Dickson Carr et d'autres qu'on avait oubliés. Le livre commençait ainsi : invités pour le week-end dans la propriété d'un ami, deux couples de bobos s'étonnent de son absence lorsqu'ils arrivent sur les lieux. Comme la maison est ouverte à tous les vents, ils s'installent, prennent l'apéritif, parlent de tout et de rien, avant de découvrir le corps inerte de leur hôte dans la bibliothèque. Delafeuille avait accompagné la sortie du *Colonel Moutarde* au début de l'été. Il se demanda si la similitude des situations pouvait expliquer ce sentiment de malaise qui, bien que ténu à présent, ne voulait pas s'en aller tout à fait.

– Et vous-même ? demanda-t-il.

– Nos enfants allaient à l'école ensemble, dit Franck. Quand on habitait le treizième. Et puis, j'ai été muté ici. Delphine et Luc nous ont rendu visite, la région leur a plu. Il y a un moment que Delphine voulait quitter Paris. La maison était à vendre, et voilà. Nous sommes un peu plus loin sur la départementale.

Muriel était de retour sur la terrasse.

– Elle est trop froide. Vraiment.

– Ils n'ont pas mis la pompe à chaleur ?

– On dirait bien que non.

Delphine arriva avec un plateau. En quelques gestes précis elle disposa les verres, les bouteilles, les glaçons et de petites choses à grignoter, élégamment présentés.

– Franck, je te laisse doser.

Franck claqua brusquement des mains, ce qui fit sursauter Delafeuille.

– Tu sais qu'on t'a vue à la télé ?

– Ah mais oui, fit Muriel en écarquillant comiquement les yeux.

– Qui, moi ?

– Mais oui ! (Franck, surexcité, trépignait sur sa chaise.) Le film où tu danses avec le héros, à la fin.

Pendant quelques secondes, Delphine sembla ne pas comprendre ce qu'il disait. Puis elle hocha la tête, sourit.

– Ah oui… c'est vrai.

– Vous êtes comédienne ? demanda Delafeuille.

– Pas du tout. Franck, tu nous ouvres la bouteille ?

Franck attrapa la bouteille de blanc, se tourna vers Delafeuille.

– C'est incroyable, on ne savait pas. On est là, tranquilles devant la télé. Et d'un seul coup arrive cette scène, à la fin du film. Je dis à Muriel, mais c'est Delphine ! On n'en croyait pas nos yeux.

Delphine sourit à Delafeuille.

– Vous voyez, moi aussi j'avais oublié cette histoire.

– Le film se finit sur elle, sur un gros plan d'elle. Non mais, on n'arrivait pas à le croire.

– Le plus troublant, dit Muriel, c'est qu'elle n'a pas changé. C'est un vieux film, non ? Il date de quand ? On s'est dit, elle n'a pas changé d'un iota.

– Ben voyons, dit Delphine en souriant.

– Mais je t'assure. C'est ce qu'on s'est dit tout de suite.

– On a retrouvé Benjamin Button, dit Franck en frappant à nouveau dans ses mains. C'est elle.

Delafeuille sourit à cette référence. Franck ne parlait probablement pas du texte de Scott Fitzgerald, *The Curious Case of Benjamin Button*, mais de son adaptation cinématographique avec Brad Pitt. Plus personne ne lisait Scott Fitzgerald. Pas dans son entourage, en tout cas.

Delphine pianotait sur son smartphone.

– Je vais quand même lui envoyer un texto, pour lui dire que tout le monde est là.

– Inutile, dit Delafeuille. Le voilà.

Comme il arrive avec certaines personnes, Delafeuille avait l'impression d'avoir toujours connu Luc. En fait, ses origines restaient assez opaques. Il connaissait sa biographie officielle, évidemment. Luc étant un ancien publicitaire, elle était probablement très travaillée. C'est plutôt qu'il semblait avoir toujours ressemblé à ça, ce grand type sans âge, aux allures d'ado, habillé toujours pareil, vieux pull, vieux jean, indifférent aux agressions du temps.

Il traversa la pelouse les bras largement ouverts, en un geste d'invite un peu surjoué, mais qui semblait néanmoins sincère. Lorsqu'il fut près de lui, Delafeuille eut la satisfaction de constater qu'il avait quand même pris quelques rides, que sa barbe de trois jours comme ses cheveux avaient viré au gris argent. Cela dit, il avait toujours des cheveux, lui.

Luc le serra contre lui. Ils s'embrassèrent. Deux mafieux dans un film de série. On était revenu aux temps d'avant la pandémie, d'un seul coup. Delafeuille, qui n'aimait pas trop les grandes démonstrations d'affection, se dégagea le premier.

– Delafeuille. Tu es venu.

– Évidemment. Tu en doutais ?

– Oui, je ne sais pas. Pendant un moment, je me suis dit que ce n'était pas possible. Et pourtant, c'est bien toi. Tu es là.

– Écoute, ça ne pouvait pas mieux tomber. Je te remercie. J'avais besoin de prendre l'air.

– C'est bien ce qu'il m'avait semblé, au téléphone.

– Ils m'ont mis sur le livre de la rentrée. (Delafeuille chassa l'idée d'un geste.) Je te passe les détails. On parlera de ça plus tard. Tes autres invités sont là.

Bras dessus bras dessous ils revinrent vers la terrasse. Delafeuille se dit que le spectacle devait être touchant, mais aussi un peu ridicule. Il n'était pas sûr de comprendre lui-même ce qu'il représentait pour Luc. Jusqu'à cette invitation imprévue, il n'en avait aucune conscience. Luc le regardait avec un sourire réjoui, un peu stupide, et ce qui ressemblait à de la sidération.

– Mon salaud, t'as pas changé.

– J'allais te dire la même chose.

Non, Luc n'avait pas changé, se dit Delafeuille. Mais depuis quand ?

– Je te sers un Nikka, mon chéri ? Le dîner sera bientôt prêt.

Luc posa sur elle une main de propriétaire. Il y avait dans le geste une nuance clairement abusive, qui excédait la simple conjugalité. Ce fut plus clair encore lorsqu'il lui claqua les fesses. Delafeuille, qui vivait entouré d'agrégées de lettres qui en auraient égorgé pour moins que ça, eut presque un haut-le-corps. Il espéra que personne ne s'en était aperçu.

– Tu as fait la connaissance de tout le monde ? Delphine, la plus belle femme de Saint-Germain. Ce n'est pas moi qui l'ai dit. Qui a dit ça, chérie ? Bon, on s'en fout. De toute façon, maintenant elle vit à la campagne. Nos charmants voisins, Muriel et Franck. Tu as aussi rencontré mon petit dernier, je suppose ?

– Oui, et j'ai vu Pablo. Et le chat.

– Où est mon verre ?

– Tout de suite, mon chéri.

Deux autres invités arrivèrent sur ces entrefaites. Un couple un peu plus âgé, des gens qui semblaient tout juste débarqués de Woodstock avec leurs turbans, leurs pattes d'éléphant et leurs vestes à franges, et que Delphine présenta comme leurs plus proches voisins.

– Nicole tient une boutique de fripes rue du Cherche-Midi, précisa-t-elle à l'adresse de Delafeuille. Ils ne sont pas souvent à Farsac, en fait. C'est la première maison sur la droite, quand on arrive. Un château, pour ainsi dire.

– Je suis désolé, je n'ai pas fait attention.

– Oh, de la route on ne voit rien, dit l'homme.

– Ce n'est pas important, dit Nicole. Nous sommes des personnages secondaires.

Delafeuille hocha la tête, par politesse. Il ne voyait pas très bien ce qu'elle entendait par là.

Le dîner fut servi sur la terrasse. Il ne se souvenait pas d'avoir vu quelqu'un dresser la table, pourtant les voilà tous installés confortablement devant de belles assiettes en grès et de hauts verres en cristal. La température était idéale. Quelqu'un, la maîtresse de maison sans aucun doute, mais on ne pouvait décidément pas en être sûr, on n'avait rien vu, quelqu'un en tout cas avait déposé devant chacun d'eux de petits bols contenant du poulpe grillé et d'autres petites choses de la mer difficiles à identifier, mais délicieuses. Luc servait le vin blanc.

– Moi, disait Franck, la dernière fois que je suis entré dans une librairie, je vous parle de ça, c'était avant le Covid… J'ai eu une sorte de vertige. Il y a trop de livres, non ?

– La dernière rentrée littéraire, c'était hallucinant, dit Muriel. Je me souviens, quand j'étais gamine, d'un seul coup en septembre, ils poussaient les romans sur le côté pour vendre des manuels scolaires. T'as l'impression que c'est un peu pareil, sauf que c'est plus des manuels scolaires… Ils poussent Tolstoï et Kawabata pour faire de la place à des gens qu'on aura oubliés l'année prochaine.

– J'ai lu un truc là-dessus, je crois qu'il y avait cinq cents titres, cette année.

Delafeuille regarda son verre de blanc.

– Cinq cent vingt et un, dit-il.

Franck le resservit.

– Vous qui êtes éditeur, vous ne trouvez pas ça fou ?

Delafeuille trouvait ça aberrant. Bien sûr. Il savait aussi que cela ne pouvait pas être autrement. Dès lors qu'il y a un marché quelque part, il y a compétition. Inutile d'avoir lu Marx pour le comprendre.

– Cela peut paraître excessif, dit-il prudemment. Mais, vous savez, tout le monde veut sortir le livre de la rentrée.

Moi comme les autres, ajouta-t-il pour lui-même.

– Il paraît que les prix littéraires sont truqués.

Étrangement, Delafeuille se sentit agressé. C'était son boulot, après tout. Les gens semblaient toujours considérer comme normal que vous alliez dans leur sens.

– Les élections aussi sont truquées, dit-il en souriant. C'est comme ça, c'est la vie.

Franck hocha la tête. Visiblement, il n'avait pas envie d'aller sur ce terrain-là.

– La difficulté, reprit Delafeuille, c'est d'échapper au matraquage médiatique. Pour les livres comme pour le reste. Aller chercher dans les rayons du fond, en prendre un au hasard. Mais personne ne fait ça.

– Oui, c'est vrai.

– Déjà, vous avez des rayons de prédilection. Le polar, la science-fiction. Le développement personnel. Ou la littérature, bien sûr. Mais vous n'entrez pas dans une librairie, en fait. Vous entrez dans votre rayon habituel.

– C'est très juste, dit Nicole. D'ailleurs, les gens qui achètent le livre de la rentrée, c'est surtout pour des raisons sociales, non ? C'est un peu comme Roland-Garros. C'est ce qu'on fait en septembre-octobre. Pas sûr qu'ils le lisent, par contre.

– Puis après, à Noël, tu offres le Goncourt, dit Muriel en riant. On ne va pas te reprocher d'avoir offert le Goncourt.

– Tout ça n'a pas grand-chose à voir avec la littérature, conclut Delafeuille.

Luc ne disait rien. Il avait l'air d'être à mille lieues d'ici, si c'est là un air qu'on peut se donner. Delphine posa une main sur son bras, et ce contact sembla le réveiller.

– Un jour, dit-il, mon ami Delafeuille ici présent est entré dans une librairie et il a feuilleté un livre au hasard.

Delafeuille se raidit sur sa chaise.

– Tu ne vas pas raconter ça.

Sa remarque eut évidemment l'effet inverse de celui escompté. Tout le monde fit silence et écouta la suite avec une attention presque palpable.

– C'était un polar. *L'Espion qui venait du livre*. Paru chez Rivages/Noir, la collection où on trouve Ellroy, Elmore Leonard, Jim Thompson, etc.

– Un gage de qualité.

– Absolument. Donc, curieux, il feuillette la chose. Il tombe sur un passage érotique ou quelque chose comme ça…

– Je t'en prie.

Est-ce que Delphine le regardait ? Luc continua :

– Bref il trouve ça pas mal, il prend le livre, avec d'autres trucs qu'il voulait précisément, il passe en caisse, il rentre chez lui.

Luc ménagea une pause, prit une gorgée de vin blanc avec des gestes de connaisseur alors que, Delafeuille le savait très bien, il n'y connaissait rien.

– Et alors ? interrogea Franck.

– Il rentre chez lui, il se sert un petit verre, il s'installe confortablement dans son canapé, et il commence à lire ce petit bouquin dont il n'a jamais entendu parler mais qui, pour des raisons inconnues, lui a soudain fait envie.

Un insecte minuscule passa au-dessus de la table, et tout le monde l'entendit dans le silence qui suivit.

– Dès la fin du premier chapitre, intervient celui qui va devenir, d'une certaine façon, le véritable héros de l'intrigue : un éditeur.

– Le héros du livre est un éditeur ?

– Exactement. Et qui s'appelle…

Franck frappa dans ses mains.

– Delafeuille ?

– Exactement. C'est moi qui ai écrit ce truc. En fait, c'est comme ça qu'on s'est rencontrés.

Tout le monde regarda Delafeuille comme s'il venait de lui pousser une deuxième tête, en tout cas c'est ainsi qu'il le ressentit, même s'il gardait obstinément les yeux baissés sur son verre. Dieu, qu'il détestait cette histoire. Ce n'était pourtant pas si grave.

– Mais… c'était un hasard, ou…

Delafeuille décida de prendre la suite, maintenant qu'on en était là. Il eut un petit rire.

– Non, c'était bien moi. Ce genre de coïncidence n'existe pas, et puis, la façon dont le personnage se comportait, ses idées, sa façon de s'exprimer. C'est comme de se regarder dans un miroir, un jour où vous vous êtes levé du mauvais pied. Si on ne l'a pas vécu, on ne peut pas savoir l'effet que ça fait.

– Vous voulez dire… se retrouver dans un livre ?

– Oui, devenir tout à coup un personnage de fiction, sans en avoir été informé. Pendant un moment, on en vient à douter de sa propre réalité… Bref, *L'Espion qui venait du livre* a fait quelque trois cents pour cent de retour chez l'éditeur, je veux dire le vrai, chez Rivages. Une contre-performance tout à fait remarquable. Pour le dire en termes moins techniques, personne ou presque n'avait lu cette chose. Donc j'ai renoncé à attaquer, ou même à demander des explications à l'auteur, c'était ridicule.

Il leva son verre en direction de Luc, pas mécontent d'avoir signalé au passage l'insuccès du titre.

– Mais toi, Luc, tu le connaissais donc ? demanda Muriel.

– Comme si je l'avais fait.

– Très drôle, grogna Delafeuille.

Luc éclata de rire.

– Comme vous pouvez le constater, depuis, nous sommes amis.

– Il me semblait bien que votre nom me disait quelque chose, dit Nicole. On vous retrouve dans l'autre, là, celui qui a un bonhomme de neige sur la couverture.

– Ouais, j'ai écrit une suite, dit Luc. En 2019, *Le Dernier Thriller norvégien.*

– Oui, c'est ça. Je l'ai lu, celui-là. Mais alors, vous existez bel et bien.

– Comme vous voyez, dit Delafeuille.

Personne ne savait trop comment prendre la chose. Et d'ailleurs, lui-même n'en savait rien. Encore aujourd'hui.

– Mais, euh, pour vous, qu'est-ce que ça a changé ?

– Vous voulez dire, ce que ça a changé dans ma vie ? Rien, ou presque rien. Quelques bons amis dans le milieu m'ont surnommé « l'éditeur de fiction ». Et voilà.

Luc servit à nouveau Delafeuille. Il avait donc vidé son verre, sans même s'en rendre compte.

Delphine s'était levée. Delafeuille la suivit des yeux tandis qu'elle allait dans la cuisine. Il aurait voulu la suivre là-bas, loin de cette conversation. Il éprouvait le besoin étrange de s'excuser auprès d'elle.

– Et… ça raconte quoi ? demanda Muriel.

– Le scénario est toujours le même, dit Luc. C'est l'histoire d'un éditeur qui s'aperçoit qu'il fait partie du texte dont il est censé assurer la publication. Un éditeur qui se rend soudain compte qu'il est un personnage de fiction.

– C'est rigolo, dit Franck.

– Oui, c'est pas mal, dit Luc. Le deuxième a plutôt bien marché.

Delafeuille poussa un soupir.

– Oui, il a été encensé par la presse. *Télérama,* le *Fig Mag*, etc. Même *Voici* en a dit du bien. Bon, on parle d'autre chose ?

Il y eut un instant de silence, suivi d'exclamations enjouées, quand Delphine revint de la cuisine avec le plat principal, qu'elle avait annoncé comme « un petit truc simple » et qui se révéla (et il n'en fut pas autrement surpris) un double bar de ligne préparé façon thaïe, savamment présenté sur son lit de légumes variés, une recette qui avait nécessairement exigé du temps, du travail, un rien d'expertise et de vigilance, mais là encore personne n'avait rien vu. Chacun hérita en sus d'un bol de riz blanc, d'une petite assiette de gambas, et une nouvelle bouteille de blanc apparut sur la table. Delphine était à nouveau assise, souriante, détendue. Elle semblait presque flotter au-dessus du sol, dans ses déplacements, tant tout se passait sans heurt et dans une facilité déconcertante, comme si les tâches domestiques, car c'était bien de cela qu'il s'agissait, étaient des choses dont on pouvait s'acquitter distraitement, tout en faisant la conversation et en distribuant des sourires ensoleillés.

Luc, depuis son arrivée, n'avait pas levé le petit doigt. Il n'avait pas bougé son cul, ça non. Cela faisait-il partie de ce qu'on pouvait lui envier ? Il trouvait normal d'être servi par cette créature angélique, ici et maintenant, à l'heure de MeToo. C'était presque comme de visiter les grottes de Lascaux : on savait que ces choses-là avaient existé, mais on n'appelait pas cela la préhistoire pour rien.

Deux autres bouteilles de blanc suivirent. Tout naturellement, on passa à d'autres sujets de conversation. Le dîner se mit à ressembler de plus en plus à un dîner, de ceux que Delafeuille fréquentait de temps à autre. On changeait d'interlocuteur en se resservant, les répliques fusaient de droite et de gauche sur tous les sujets, qui parlait n'avait plus vraiment d'importance, ni ce qu'on disait d'ailleurs. Demain, à moins d'un impair grave, on aurait tout oublié.

– Comme d'habitude, c'est faux, disait quelqu'un (qu'est-ce qui était faux ? On ne savait plus). Nous avons inventé la pornographie légale, un tiers de la bande passante d'internet nom de Dieu, *un tiers*... ça ne veut pas dire que nous avons inventé la liberté sexuelle.

– Ces hordes de féministes qui veulent notre peau, c'est juste une invasion de plus, comme les Goths, les Maures, tout ce qu'on apprenait à l'école.

– Mais n'importe quoi. Il y a eu un vrai changement de paradigme, que tu le veuilles ou non. D'ailleurs elles veulent ta peau, pas la mienne.

– Oui, enfin, tout ça est déjà arrivé une fois... La minijupe, c'était quelque chose. Quand Yourcenar disait quelque chose, ça c'était un évènement.

– Oui, c'est vrai. Il y a encore un an on pouvait avorter même au Texas, tu crois vraiment que la cause progresse ?

– Les hommes médiocres et violents ne sont pas à fuir parce qu'ils sont des hommes, mais parce qu'ils sont médiocres et violents, non ? Et même chose pour les femmes, non ?

– Ça t'arrange bien, de dire ça.

– Misanthrope ?

– J'ai une certaine confiance dans les animaux. Ils ne comprennent pas les mots, mais ils sentent nos intentions. Si l'escroquerie est possible, c'est parce que nous ne sentons plus rien, et que nous nous fions aux mots.

Delafeuille releva la tête, il y avait un moment qu'il ne suivait plus.

– L'escroquerie en amour ? demanda quelqu'un.

– La première escroquerie, c'est que nous ne savons pas ce que ça veut dire, dit Luc.

– Quoi donc ?

– L'amour.

– N'importe quoi, dit Delphine.

Elle lui donna un coup de poing sur l'épaule, avant de se lever pour aller chercher la suite. Delafeuille la suivit des yeux, à nouveau. Il se rendit compte de ce qu'il faisait, chercha un autre endroit où regarder. Il était un peu ivre. Quand elle revint, il ressentit comme un soulagement.

La fatigue du voyage commençait à se faire sentir. La soirée, d'ailleurs, arrivait à son terme. Les répliques s'espaçaient. Muriel eut l'air perdu, juste avant le dessert. Elle semblait sur le point de pleurer.

– Il arrive toujours un moment où le sexe semble effarant, bafouilla-t-elle. Il est inconcevable de faire quelque chose à l'autre, avec l'autre, de transgresser les limites du corps.

Delafeuille hocha la tête. Il avait envie de se plaindre, lui aussi. Il marmonna, à qui voulait l'entendre :

– Publier un livre est devenu compliqué. Il y a tant de mots qu'on ne peut plus employer. Tant de thèmes qu'on ne peut plus aborder.

Delphine posa sur lui ses grands yeux verts, prononça avec douceur :

– De quoi avez-vous peur ?

Ainsi que l'avait signalé Delphine, l'unique salle de bains présentait, en fin de soirée, une petite difficulté technique. Delafeuille craignait de s'immiscer dans l'intimité du couple. Il préféra attendre, assis sur son lit, sa trousse de toilette sur les genoux, d'être certain que la place était libre. On allait et venait derrière la porte. Il entendit Luc pousser un juron, et le rire de Delphine. Au bout d'un moment il eut conscience de ce que son attitude avait d'infantile et pour tout dire d'un peu ridicule. Il posa sa trousse de toilette sur le lit et chercha le manuscrit qu'il avait embarqué pour le week-end. Le fameux. Celui-là ou un autre, par les temps qui courent... Il soupira. Les premières pages confirmèrent ses craintes. Il aurait dû penser à emporter un deuxième bouquin, ou à en acheter un en gare de Bordeaux, pendant la correspondance.

Il releva la tête en entendant une porte se fermer. Par précaution il laissa passer quelques minutes. Quand la maison fut aussi silencieuse qu'une tombe, il se risqua à entrouvrir sa porte, pour constater qu'effectivement le couloir était désert.

Il se lava les mains, pour la quinzième fois de la journée

peut-être, il ne comptait plus. Le gel hydroalcoolique étant en rupture de stock, il essayait de faire durer le tube qu'il lui restait. Il se brossa les dents avec soin, fit le gargarisme que son dentiste, qui le terrifiait, avait préconisé, « sans quoi nous pourrions aller vers d'autres problèmes ». Il se passa le visage sous l'eau fraîche, coupa deux ongles de sa main gauche, renversa la tête en arrière pour la petite cérémonie du collyre, qu'il oubliait une fois sur deux. Et prit son cachet contre l'hypertension, qu'il n'oubliait jamais. Avec raison.

Avant de quitter la salle de bains, il croisa à nouveau son image dans la grande glace murale. Pourquoi cette glace, d'ailleurs ? Qui installe une glace murale dans une salle de bains, où un grand miroir surplombe déjà la double vasque, et dans quel but ? Il chassa d'autres images, avant qu'elles se précisent, et éteignit la lumière.

Malgré lui il jeta un coup d'œil vers la droite, dans la direction opposée à sa chambre, et vit les deux étagères, dont les rayons étaient couverts de livres. « Mais oui, bien sûr. Il y a de quoi lire dans cette maison, où avais-je la tête ? » Il avança avec précaution, attentif à ne pas faire le moindre bruit.

En passant devant la porte de leur chambre, il entendit un râle indistinct, puis la voix de Luc, claire au milieu du silence :

– Oui, suce-moi bien, espèce de pute.

Toujours sur la pointe des pieds, Delafeuille se hâta de regagner sa chambre. Il se déshabilla rapidement, passa son pyjama, redressa ses oreillers contre la tête de lit, s'installa aussi confortablement que possible, orienta la lampe de chevet, prit le manuscrit qui traînait sur le plancher.

Suce-moi bien, espèce de pute.

Merde, c'était quand même un auteur. C'était quoi, cette réplique sordide ? Sordide, et tellement convenue. Il pourrait tout de même faire preuve d'un peu d'originalité.

Tout le monde avait écrit son livre.

Voilà la conclusion déprimante à laquelle en était arrivé Delafeuille, quinze jours auparavant.

Pour des raisons que personne ne comprenait très bien, même si des théories toutes plus loufoques les unes que les autres circulaient dans le milieu de l'édition, une des conséquences les plus lourdes des dernières périodes de confinement était la multiplication des manuscrits qui encombraient les trains postaux, la moquette de l'entrée ici chez Mirage et, depuis qu'on avait eu le malheur d'autoriser la démarche sous forme numérique, les messageries électroniques des directeurs de collection.

Des citoyens lambda, entrés en confinement dans leur état normal, n'avaient pas tardé à devenir des génies littéraires, et souvent, même s'il était difficile de prouver la moindre relation de cause à effet, des alcooliques. Beaucoup de génies littéraires étaient des alcooliques, et beaucoup d'alcooliques n'étaient pas des génies littéraires, et ni la pandémie ni le confinement n'y avaient changé quoi que ce soit. Mais la blague qui circulait à

Saint-Germain depuis quelques années (« Les Français ne lisent plus. Ils écrivent ») était devenue une réalité.

D'ailleurs cela n'avait jamais fait rire Delafeuille, qui après un séjour éclair chez Flammarion avait retrouvé son petit bureau des éditions Mirage, quelque part entre la place Saint-André-des-Arts et la place de Fürstenberg. Au centre du monde, pour ainsi dire. C'est ainsi qu'il voyait les choses, en tout cas. Il avait toujours eu du mal à rester éloigné de Paris. La Rive droite, pour lui, ce n'était déjà plus Paris, même si on ne cessait de lui expliquer que « tout se passe là-bas maintenant ».

L'édition, dans son ensemble, se portait bien. Il était très énervé par l'époque, qui une fois de plus, lui avait donné tort. La dématérialisation n'avait pas tout dévoré sur son passage, comme il le craignait. On pouvait à nouveau acheter des disques vinyle et les écouter sur des platines, lever ses fesses du canapé pour aller mettre la face B quand la face A était terminée, retourner sur le canapé reprendre une gorgée de Spritz, et aux accents déchirants du piano d'Abdullah Ibrahim, si on appréciait Abdullah Ibrahim, s'enivrer du dernier produit à la mode, un livre.

Car en somme, on avait assisté à un anti-*Fahrenheit 451* ces deux dernières années. Il n'avait pas été question de pénuries d'essence ou de sucre en morceaux comme en d'autres périodes de crise. On n'avait parlé que des librairies. Un commerce essentiel. Les chaînes d'info elles-mêmes en raffolaient. Ce serait formidable, s'il n'y avait pas tous ces crétins pour encombrer son bureau de leur journal de confinement ou de leur thriller de la mort qui tue, ou peu importe quoi accouché dans la douleur, et surtout la sienne. Tous ces gens qui écrivaient et qui ne lisaient pas. Le *peer to peer*, on y était presque. Un lecteur par auteur. Raoul, chez Gibert, le lui avait prédit : c'est fini, ce métier. Et Raoul s'y connaissait. Il connaissait le futur. Il lui avait fait découvrir Greg Egan, Ted Chiang, Théodore Sturgeon, Philip K. Dick, tous ces auteurs de science-fiction, qui manquaient à sa culture finalement très classique, très franco-française, très scolaire, pensait-il parfois avec une sévérité peut-être inutile, mais honorable.

Donc, tous ces manuscrits, soudain. Il en avait jusque-là, mais il lisait tout. Dans le tas il y avait peut-être le nouveau Romain Gary, même s'il fallait un certain courage pour y croire.

Et là, maintenant, pour couronner le tout, il avait rendez-vous avec le neveu. Un geek inculte, évidemment.

Murnau l'avait appelé la veille pour lui apprendre, et d'une, l'existence de cet excellent jeune homme, son neveu de province, et de deux, que le geek inculte en question éprouvait comme tout un chacun semblait-il le besoin de faire œuvre de littérature.

– C'est un garçon très intelligent. Et charmant.

– Et pourquoi tu me l'envoies ?

Ils se tutoyaient, à présent. Murnau, aujourd'hui numéro trois chez Éditis, lesbienne sympathique et cultivée avec qui il avait partagé quelques aventures éditoriales, était une des rares personnes avec lesquelles il s'entendait bien. Mais ce n'était pas une raison suffisante pour lui faire subir ce genre de pantalonnade.

– Il ne veut rien faire avec moi. Et je pense qu'il a raison. Je pense aussi que ce qu'il a en tête doit sortir, et que tu peux le conseiller intelligemment.

– Tu me surestimes.

– Mais non. Vois-tu, il va réussir, mais il s'en fout. Ce qui l'intéresse, c'est d'accomplir quelque chose de grand, de nécessaire. Bref, il est aussi largué que toi. Il croit à la littérature, au caractère sacré des livres.

– Il ne tient pas ça de toi.

– Très drôle. Mais tu as raison. C'est sa mère.

– Sa mère ?

– Il tient ça de sa mère, oui. Qu'est-ce que tu as, ce matin, Delafeuille ? Tu es lent.

– Oui, je suis lent. Pas seulement ce matin. Et je n'ai pas forcément tort. Relis Paul Morand.

– D'accord, d'accord. Je t'envoie le môme. Tu es au bureau, cet après-midi ?

– Je ne sais pas. Je ne suis pas sûr.

– Donc vers six heures.

Murnau avait raccroché. Delafeuille regarda son téléphone. C'est incroyable à quel point cet objet ne m'apporte que des ennuis, pensa-t-il. Toutes les trois minutes il m'informe qu'un abruti dont j'ai oublié l'existence a publié un nouveau post, ou une story ou Dieu sait quelle autre pollution virtuelle. Il sélectionne pour moi les informations les plus déprimantes, insiste pour que je sois toujours au courant en temps et en heure, des horreurs qui nous arrivent et des apocalypses inévitables. Il me rappelle toutes les démarches indispensables dont j'ai oublié de m'acquitter. Il fait la chasse aux imprévus, qui sont pourtant le sel de l'existence. Il me rappelle sans cesse que je suis en train de manquer quelque évènement exceptionnel. Et bien entendu, je ne peux pas me passer de cette saloperie. Je ne peux même pas aller déféquer sans qu'il m'accompagne.

D'un geste rageur il expédia le smartphone sur son bureau, pour immédiatement vérifier que celui-ci n'avait subi aucun dommage. Tout allait bien, la coque avait fait son travail.

Le neveu de Murnau ?

Il essaya de visualiser la chose, n'y parvint pas. Ce ne serait peut-être pas si terrible. Un jeune abruti qui avait décidé d'écrire un best-seller, pour passer à la télé et séduire les filles. Ou les garçons, c'était peut-être un petit pédé. Je veux dire un gay. Bref, il voulait être un écrivain à succès, comme tout le monde en ce moment. On allait l'encourager, c'était encore ce qu'il y avait de plus simple à faire.

Comme il prenait cette décision somme toute raisonnable, Eugénie passa la tête par la porte.

– Vous déjeunez, Delafeuille ? Le japonais, ça vous dit ?

– Oui, naturellement.

Il y a des jours comme ça.

Eugénie, la nouvelle directrice commerciale de Mirage, avait commencé à faire le ménage dès son arrivée en poste, en juillet dernier. Elle avait convoqué Delafeuille à son retour du festival de Nancy. Il eut tout de suite une vague idée de ce que ça voulait dire. Avant l'hiver les retombées de la rentrée littéraire seraient, pour l'essentiel, chiffrables. Mirage avait échoué à placer le moindre titre dans une sélection. Conséquence logique, les médias avaient fourni le service minimum, et à moins d'un miracle toujours possible, le public n'allait pas se précipiter non plus. On faisait un peu la gueule à l'étage et on parlait de têtes qui allaient tomber.

Il pensait avoir encore du temps devant lui, mais visiblement, il s'était fait des idées. Le japonais. La convocation avait l'allure indolore et avenante qui permettait de redouter le pire.

Il prit un ramen au poulet longue cuisson, son plat préféré. Inutile de se faire du mal. Il acquiesça même à l'offre d'un petit verre de chardonnay, qui permettrait de faire glisser les mauvaises nouvelles.

Eugénie trinqua avec lui. C'était une femme intelligente, méchante, brune. D'une plastique intéressante, en même temps repoussante, comme ces magnifiques couteaux de cuisine avec lesquels on sait qu'on va se blesser.

Elle attaqua en douceur.

– Bon, on n'a pas fait très fort, cette année.

– Ce sera pour la prochaine fois. Cette année, il y avait trop de monde. C'est l'effet post-Covid. La ruée sur l'Oklahoma.

Elle n'écoutait pas. Ou, si elle écoutait, elle ne cherchait pas à paraître le moins du monde intéressée. L'apanage du pouvoir.

– Comme vous l'avez compris, il n'y a plus de place pour tout le monde.

– Est-ce que cela n'a pas toujours été le cas ?

– Les gens achètent moins de dix livres par an. Je parle de ceux qui lisent.

– Eh bien, je…

– Ils lisent tous peu ou prou la même chose. J'ai lu une stat là-dessus, même moi j'ai trouvé ça surprenant. Entre la pile de l'un et la pile de l'autre, il y a cinq occurrences communes.

– Ah oui.

Cela ne le surprenait pas plus que ça. Il aurait pu dire les titres, presque sans risque d'erreur. Il maniait ses baguettes avec application, se demandant ce qui allait suivre.

– Nous devons faire partie des cinq. Tant qu'à faire, nous devons être sur le podium. Un podium, pour autant que je sache, il y a trois places. Et si j'allais jusqu'au bout de mon raisonnement, j'aimerais qu'on soit tout en haut. *Numero uno.* Le livre de la rentrée.

– Oui mais… sans vouloir être totalement défaitiste, vous avez bien vu cette année, il y a plus de cinq cents titres en lice. Donc, je sais que certains paramètres entrent en ligne de compte…

– Oui, dites-moi tout ça. Vous savez, jusqu'à juin dernier, j'étais dans la bureautique. Il y a peut-être des petites choses qui m'échappent.

– Eh bien, comme dans tous les secteurs, vous savez bien que la marque prime. Mirage n'est pas une petite maison, mais nous ne sommes pas Gallimard, ni Grasset. Et nous n'avons plus vraiment d'auteur en vue…

– Oui, c'est une situation intéressante. Vous n'insinuez pas, j'imagine, qu'il y a du copinage dans l'air ? Que le milieu monte artificiellement des titres en épingle, ou même des auteurs. Vous n'êtes pas du genre complotiste, j'espère ?

– Non, non, je ne suis pas…

– Nous avons réellement marché sur la Lune, vous savez. Malgré tout ce qu'on raconte.

Delafeuille sourit, un sourire qu'il espérait suffisamment ambigu. Il n'arrivait pas à savoir si elle se moquait de lui ouvertement, ou si, en dépit de son poste et de sa situation, elle espérait toujours que quelque chose qui n'aurait pas été sérieusement prémédité adviendrait.

– Nous allons créer la surprise. Trouvez-nous un petit jeune, quelqu'un dont on n'a jamais entendu parler. Un garçon, ce sera original. Ou un vieux cheval de retour ? Quelque chose qui nous change de toutes ces femmes abusées.

Delafeuille prit le temps d'une gorgée de chardonnay. C'était le monde dans lequel il vivait, désormais.

– Mais, il faut une histoire, non ?

– Ah oui, une histoire… Bon, vous savez comme moi ce qui marche. Le capitalisme c'est pas bien, et ça il faut le dire, il faut avoir le courage de le signifier courageusement. Quoi d'autre ?

La planète est en péril, d'après ce que j'ai entendu dire… Et puis les femmes, oubliez ce que j'ai dit, les femmes qui en ont marre, c'est toujours une bonne idée… Et la maladie, le malheur sous toutes ses formes. Un peu de cul. Du cul féministe, évidemment. Je ne vais pas vous apprendre le métier.

– Non, bien sûr… Mais est-ce que nous n'avons pas envie de découvrir un bon texte ?

– Un bon texte est un texte qui se vend. Que voulez-vous, on ne fait pas de bonne littérature avec des bons sentiments.

Son téléphone, qu'elle avait posé sur la table en arrivant, comme font tous les gens à qui on a fait croire qu'ils étaient irremplaçables, se déplaça imperceptiblement vers la droite en émettant une petite lumière bleue. Lui aussi, il veut se barrer, pensa Delafeuille en une tentative d'échapper au réel qui le surprit lui-même.

– La réunion avec les représentants est avancée. Je vais devoir vous abandonner. Bon, le livre de la rentrée. C'est clair pour vous ?

– Limpide.

C'était on ne peut plus clair. Delafeuille ne se voyait pas de retour chez Pôle emploi à son âge avancé. Il allait devoir trouver une solution.

– Hidalgo, pourquoi me fais-tu ça à moi ? marmonna-t-il.

Pour la troisième fois en moins de cent mètres, il dut contourner les plots de plastique interdisant jusqu'au passage des piétons, et qui se trouvaient là pour des raisons qu'il ne cherchait même plus à identifier, passage de la fibre, nouvelle piste cyclable, modification quelconque du paysage urbain à seule fin de rendre la circulation un peu plus impraticable, sans doute dans l'espoir que les gens renonceraient un jour à utiliser leur voiture. En attendant quoi, on avait les inconvénients des deux mondes.

Il traversa le carrefour de l'Odéon, manquant se faire renverser par une patinette électrique pilotée par une adolescente toute vêtue de noir, une sorte d'ange de la mort aveugle et silencieux, créé par la folie de l'époque. Au moins les loulous kamikazes d'autrefois, sur leur Vespa au pot crevé (pour gagner quelques kilomètres-heure en pointe), on les entendait arriver.

Il remonta la rue de l'École-de-Médecine sous une petite pluie fine qui n'invitait pas à flâner, et gagna d'ailleurs en intensité le temps qu'il arrive chez Joseph Gibert, la librairie de livres neufs et d'occasion du boulevard Saint-Michel. L'établissement n'avait évidemment pas, pour les touristes et les visiteurs, l'aura du Café de Flore ou de la Samaritaine, mais il était tout de même cité, son rayon papeterie en tout cas, dans les premières pages du *Nom de la rose*, le thriller médiéval (oui, pourquoi pas ? Thriller médiéval) d'Umberto Eco. Delafeuille avait toujours aimé fureter dans les rayons de Gibert, il avait toujours préféré l'endroit à d'autres librairies à l'image plus culturelle, parce qu'il aimait l'idée que les livres poursuivent leur vie, ici en particulier, qu'ils passent de main en main. Il aimait le petit adhésif jaune qui signalait que le livre avait déjà eu une histoire avec quelqu'un.

Et puis, il y avait Raoul.

– Salut Raoul.

Raoul leva à peine la tête du cahier sur lequel il était courbé, assis sur son tabouret de caisse. Il ressemblait à un acteur de série Z dont Delafeuille n'arrivait jamais à se rappeler le nom. Un type qui jouait toujours les docteurs fous et les moines assassins. Raoul avait tout à fait une tête de moine fou. Et de docteur assassin.

– Delafeuille. Comment vas-tu ?

– Ma foi…

– Tu as remarqué comme la question nous prend toujours de court ? La vérité c'est que nous n'avons aucune idée de comment nous allons.

– Déjà à philosopher ? C'est pourtant pas l'heure de l'apéro.

– Simple tour de chauffe.

– Je viens prendre des nouvelles de ma carrière. Comment ça marche, *Le Colonel Moutarde* ?

– Pas mal. J'en ai encore vendu deux ce matin.

Un monsieur âgé s'approcha à pas hésitants. Raoul haussa les sourcils. Le monsieur âgé cherchait les *Dix Petits Nègres*, d'Agatha Christie.

– Il est là derrière, monsieur, mais il ne s'appelle plus comme ça. Le nouveau titre, c'est *Ils étaient dix.*

– Ah bon.

– Oui.

– Vous pouvez me montrer ? Parce que là, je ne vais pas trouver. Derrière ce rayon, vous dites ?

Delafeuille laissa Raoul s'en dépatouiller. Il fit quelques pas dans les rayons. Arsène Lupin faisait son comeback, porté par la série avec Omar Sy. Comment les textes étaient-ils reçus aujourd'hui, et par qui ? Adolescent, il avait adoré les premières nouvelles de Maurice Leblanc. Elles étaient proches de la perfection. Agatha Christie ne s'y était pas trompée, qui lui avait volé l'idée géniale du narrateur non fiable. Mon Dieu, tout cela était si loin.

Le narrateur non fiable… Cela lui rappelait vaguement quelque chose. Mais quoi ?

Raoul posa la main sur son épaule.

– J'ai expédié le vieux. Et toi, dis-moi, tu voulais quelque chose ?

– Non, je passais comme ça. Jeter un œil. J'avais oublié cette histoire, dis-moi.

– Ouais, pourquoi pas, au fond. Je ne sais pas, j'aime pas trop le changement. *Dix Petits Nègres*, tu peux en penser ce que tu veux, c'est un titre. *Ils étaient dix*, c'est de la musique d'ascenseur. Voilà ce qui se passe quand les RP se mêlent de littérature.

– En fait, on était les derniers à nier le problème. Je veux dire nous, ici en France. En Amérique par exemple, ça s'est toujours appelé *Ten Little Indians.*

– Ben oui, ils sont pas cons. Les Noirs peuvent encore leur faire des histoires, tandis que les Indiens, ils les ont tous tués. Rien à craindre.

– T'es de mauvaise humeur ?

– Et puis, ils me font marrer, tes collègues. Leur soi-disant respect des minorités. Il n'y a pas plus raciste qu'un éditeur parisien. Pourquoi crois-tu que, pour eux, la *blanche* est supérieure à la *noire* ?

Delafeuille sourit.

– Je crois que tu vas un peu loin.

– Parce que tu penses comme eux. Tu es comme eux. Tu es l'un d'eux.

L'éditeur ne releva pas. Raoul était un bon gars. Il fallait juste laisser glisser.

Il ne se sentait pas de retourner au bureau, pas tout de suite en tout cas. Le neveu de Murnau ne passerait pas avant six heures. S'il passait, bien entendu. Il alla traîner sur les quais, fureta dans les rayons des bouquinistes. Comme s'il allait y trouver la solution à son problème.

Le livre de la rentrée.

Elle ne doutait de rien. Sans blague.

Comme un automate, il s'engagea sur le Pont-Neuf, s'aperçut qu'il n'allait nulle part. Il s'assit dans l'une des tourelles. Il se souvenait de la grande époque du Pont-Neuf, à la fin du millénaire. Les films de Carax, et surtout Christo, Christo qui l'avait emballé. Il avait trouvé ça magnifique. À l'époque Luc travaillait dans une agence de pub, une agence américaine, dans l'immeuble en face de la Samaritaine. Son bureau avait vue sur le pont, et Delafeuille et lui se retrouvaient parfois place Dauphine pour déjeuner.

Son portable vibra.

Il regarda à nouveau le nom sur l'écran, se demanda si c'était possible. Cela ressemblait à ces coïncidences auxquelles ne croient pas les détectives, un enchaînement de circonstances comme on n'en trouve que dans les mauvaises fictions. Ou alors il y avait autre chose, quelque chose de l'ordre de la synchronicité, cette idée de Jung à laquelle il avait du mal à adhérer, et qu'il avait d'ailleurs du mal à comprendre. De la télépathie ? Le retour de la comète de Halley ? N'osant désobéir à ce qui ressemblait à un alignement de planètes véritablement cosmique, à un appel du destin, il décrocha.

– Allô.

– Delafeuille, comment vas-tu ?

– Tu ne vas pas le croire. Je pensais justement à toi.

– Comme tout le monde. Passe me voir. Tu as besoin de vacances.

– Comment le sais-tu ?

– Je l'entends à ta voix.

– Monsieur Delafeuille ?

Il avait passé la matinée sur la terrasse, à feuilleter distraitement les magazines qui traînaient. Il se redressa, comme pris en faute. Delphine approchait, le beagle en laisse.

– Je vais promener le *iench*. Ça vous dit, une petite balade en forêt ? Je vous montrerai les environs.

– Avec plaisir.

Le *iench*. Il fut surpris de cette touche d'adolescence, qui cadrait si peu avec le personnage. Il avait décidément du mal à se faire une idée d'elle à peu près claire. Il s'était attendu à débarquer dans les fantasmes de Luc, ces fantasmes éculés, oui éculés, le mot n'était pas trop fort, qui constituaient une part non négligeable de sa prose même si, depuis qu'on était entré dans l'époque MeToo, il s'efforçait de traiter ses personnages féminins avec davantage de respect. Mais, pour ce qu'il pouvait en percevoir jusqu'ici, Delphine était à mille lieues de ce qu'il avait imaginé.

Il bondit sur ses pieds. Il se sentait un peu ridicule, en même temps inexplicablement heureux et, de façon encore plus mystérieuse, très à son aise, réconcilié avec lui-même, soudain indifférent à la maladresse, la brusquerie pour lesquelles il se maudissait d'ordinaire.

– Alors, dites-moi… Comment devient-on éditeur ?

Il regarda autour de lui. Ils marchaient depuis quelques minutes à peine et ils étaient déjà au milieu des bois, dans un petit chemin tapissé d'aiguilles de pin, bordé de fougères, qui ressemblait à un conte pour enfants.

– Une suite de hasards… d'erreurs…

Elle rit. Il aimait ce rire clair, si exempt de méchanceté.

– Je vous demande ça parce que, eh bien, vous n'avez pas vraiment le profil…

– Il y aurait donc un profil ?

– Ceux que j'ai rencontrés se ressemblaient tous plus ou moins, oui.

– J'ai toujours aimé les livres, évidemment. Mais contrairement à Luc, je n'ai jamais pensé que j'étais capable d'écrire. En revanche, je savais les apprécier à leur juste valeur. C'est une qualité que je me reconnais. Je sais très bien si un texte est bon… Je sais reconnaître un bon livre d'un mauvais livre, et je suis même capable de reconnaître un grand livre d'un bon livre.

– Cela fait de vous un homme rare, dans ce milieu.

– N'est-ce pas ? Je vois que vous les connaissez bien.

– Oh, pas à ce point-là. Mais j'en ai fréquenté quelques-uns, forcément. Luc pense beaucoup de bien de vous.

– Première nouvelle.

– Mais non. Vous le savez très bien. Pourquoi croyez-vous qu'il vous a invité ?

– Je pense qu'il a quelque chose en tête, comme toujours.

– Oui, peut-être. Mais ça n'empêche pas.

La fraîcheur de l'air était agréable sous les arbres. Le soleil s'invitait de loin en loin, en flaques éparses où s'agitaient des insectes minuscules. Parfois un lapin traversait le chemin sans se presser, à moins d'une dizaine de mètres. Pablo, la truffe au sol, ne voyait rien.

– J'étais très inhibé vis-à-vis de tout ça. La culture. La mémoire des hommes. Mes parents n'étaient pas… Disons que je ne viens pas d'un milieu intellectuel. J'ai fait comme tout le monde, du marketing, de la communication… je vous passe les détails, c'est à ce titre que j'ai été invité au Salon du livre, en 93, le dernier qui a eu lieu au Grand Palais. Je me suis dit, c'est ici que ça se passe, c'est là que tu veux être, en fait. À l'époque je vendais des logiciels de gestion, je m'ennuyais comme rarement ça m'est arrivé depuis… Je vous saoule ?

– Pas du tout. C'est moi qui vous ai posé la question.

– Bref, je sors de là, je traverse aux Invalides, je me fais renverser par, je crois que c'était une Mercedes. Enfin, une de ces grosses bagnoles. Me voilà par terre, la tête en sang, un type sort de la Mercedes, on va vous emmener à l'hôpital, alors moi, mais non j'ai rien. Le type dit à son chauffeur qu'on va à l'hôpital, je dis non, il me dit je peux faire quelque chose pour vous, et moi à moitié sonné encore je réponds tout à trac : j'aimerais travailler dans l'édition.

Le beagle tirait sur la laisse.

– Pablo !

Delphine donna un petit coup sec, un mouvement du poignet qui évoquait irrésistiblement le geste d'un dompteur avec un fouet. Delafeuille fut traversé d'une vision indéniablement érotique, qu'il se hâta de chasser en secouant la tête dans tous les sens, ce qui s'avéra efficace. Le beagle reprit la marche au pas.

– Et donc, le type fouille dans ses poches, il me donne sa carte et il me dit : Appelez-moi demain.

– C'est un film !

– Un peu. C'était le grand patron d'Hachette.

– Non !

– C'était lui. Deux jours après je suis chez Hachette, dans le bureau de la DRH, qui m'explique qu'ils ont besoin d'un Responsable de Zone Export, est-ce que ça m'intéresse ? Alors moi, bien sûr que ça m'intéresse. Je n'ai aucune idée de ce qu'est un Responsable de Zone Export, mais au moins je serai dans l'édition, pas là où j'étais avec les autres pinpins, à essayer de fourguer des logiciels de gestion aux mairies de Trifouillis et compagnie. Pourquoi riez-vous ?

– Je ne sais pas. C'est incroyable, comme histoire.

Nouveau petit coup du poignet. Delafeuille secoua la tête, chassa la vision. Elle tourna la tête vers lui.

– Je ne me moquais pas, vous savez.

– Je sais (très à l'aise, à nouveau à sa grande surprise). J'aime beaucoup votre rire. Je posais la question parce que je me disais, si je sais ce qui la fait rire, je pourrai peut-être faire en sorte qu'elle recommence.

Elle rit à nouveau, porta la main à sa bouche.

– Désolée.

– Je vous raconte la suite ?

– Oui, bien sûr.

– À partir de là, je suis chargé de vendre des livres scolaires en Afrique. En Francophonie, comme on disait alors. Et là, je découvre vraiment l'édition.

Il s'arrêta au milieu du chemin, écarta les bras.

– Quand la porte de l'avion s'ouvre sur le tarmac de l'aéroport d'Abidjan, quarante-cinq degrés de chaleur humide me tombent dessus d'un seul coup, comment dire, j'ai l'impression qu'on m'a pris pour cible avec un lance-flammes. On devait être en avril, je suffoque immédiatement et je me dis, l'édition en fait c'est pas pour toi, retourne très vite dans l'informatique.

– Mais… vous étiez censé faire quoi, là-bas ?

Pablo tirait sur la laisse. Ils reprirent leur marche côte à côte.

– Je vendais du livre scolaire. Tous les ans il y avait des appels d'offres, émis par la coopération. Ce sont des marchés énormes. Énormes. Et les familles africaines mettent plus d'argent dans les livres scolaires que dans les médicaments, vous savez. Un enfant qui meurt, c'est moins grave qu'un enfant qui ne sait ni lire ni écrire, parce que celui-là n'a pas d'avenir. On parlait de millions. On s'est vraiment goinfrés. Les gens pour qui je travaillais, en tout cas.

Ils firent quelques pas en silence. On entendait divers chants d'oiseaux, que Delafeuille était bien en peine d'identifier. Le calme de la forêt lui semblait surréel, autant que le fait de calquer son pas sur celui de cette femme qu'il ne connaissait pas la veille.

– Vous voyez, reprit-il, cela n'a rien de très romantique. Je suppose que je m'étais imaginé en train d'échanger avec de grands esprits aux Deux Magots, avant de signer avec eux des contrats où l'argent était une anecdote, et la qualité du texte exigée à l'article 4. Ce genre de fantasme culturel. Je m'imaginais en grande conversation avec Duras, ou avec Georges Perec. Au lieu de quoi, me voilà en train d'arpenter le Burkina Faso, pour finir à Niamey, dans la villa de fonction d'un prof de musique, à chercher une idée pour un manuel d'éducation musicale qui nous permettrait de nous faire un peu de gratte, comme il le disait lui-même. Un homme charmant, par ailleurs. Et pendant ce temps son boy nous servait de grands cocktails, et nous fumions des substances illicites et… bref, c'était une époque.

– On se croirait dans *Cœur des ténèbres.*

Delafeuille tressaillit presque.

– Ah. Vous avez lu Conrad ?

– Bien sûr. Pour être honnête avec vous, c'est assez récent. Luc l'a exigé.

– Luc *exige* des choses de vous ?

– Si vous saviez.

La réplique était à peine surjouée. Il était difficile de savoir si c'était du premier ou du second degré. Toute sa façon d'être était sur le fil du rasoir. Cherchant quoi faire de ses mains, il prit le parti de les mettre dans le dos. Une attitude docte, qui lui semblait convenir au tour que prenait la conversation.

– Je sais qu'il a toujours eu une grande admiration pour *Typhon.*

– Oui, c'est un de ses livres de chevet. La traduction d'André Gide.

– Sacré Luc. C'est tout de même un type étonnant.

– Pourquoi dites-vous ça ?

– Je regardais sa bibliothèque, ce matin. Il n'y a pas un seul titre en vue, je veux dire, pas un seul des livres dont on parle en ce moment. C'est très étrange, pour moi, vous savez. Je baigne là-dedans, dans cette… Et il y a cette petite étagère sur le côté, avec tous les classiques, Balzac, Proust…

– Ah non, ça ce sont mes livres à moi. Comme vous pouvez le constater je suis quelqu'un d'assez scolaire.

– Tout de même. J'ai vu aussi James Salter, et Garcia Marquez, il me semble.

– Ah oui, *L'Amour aux temps du choléra* est mon livre préféré. Et j'aime beaucoup *Un sport et un passe-temps.*

– Donc on peut parler littérature avec vous.

– Oui, bien sûr. Pourquoi ne le pourrait-on pas ?

– Eh bien mais… je ne devrais pas vous dire ça, sans doute, mais quand Luc m'a dit qu'il avait une nouvelle compagne, j'imaginais…

Il eut un geste embarrassé, un geste vague qui prenait les arbres à témoin, un geste chargé de donner un contour à ce qu'il imaginait, et donc de le dispenser d'en dire plus. Delphine s'agenouilla à côté du chien, défit la laisse.

– Je vais le lâcher, ici ça ne risque rien.

Pablo s'éloigna en zigzaguant, la truffe rivée au sol. Delphine se redressa, sourit à Delafeuille. Elle ne posa pas la question qu'il attendait, ce dont il fut reconnaissant.

– C'est bien agréable de converser avec vous, monsieur Delafeuille. J'aime vivre ici, mais… je me sens un peu seule, parfois.

– Je vous en prie, pas de cérémonie entre nous, appelez-moi…

Il n'arrivait pas à se souvenir de son prénom. Son propre prénom. C'était idiot. Comment une chose pareille pouvait-elle se produire ?

– Regardez ! Des daims !

Il leva les yeux dans la direction qu'elle indiquait. À moins de dix mètres d'eux, un couple de daims traversa le chemin au pas, comme s'ils étaient seuls au monde.

– On en voit de plus en plus, depuis le confinement. Il y a eu des moments de calme absolu, on n'entendait même plus un bruit de moteur.

Le confinement… Peut-être bien. Delafeuille avait plutôt l'impression d'être au milieu d'un conte, en compagnie d'une princesse, et des animaux sauvages qui venaient à elle avec confiance, la même confiance à laquelle il commençait à s'abandonner.

Lorsque le neveu de Murnau entra dans le bureau, Delafeuille, qui s'était levé pour l'accueillir, se demanda s'il pourrait jamais regagner la rue. Le jeune homme souffrait très visiblement de surcharge pondérale et menaçait de rester coincé dans l'embrasure de la porte. Il lui fallut jouer des épaules pour échapper à ce mauvais pas.

« C'est bien ce que je pensais, c'est du lourd », pensa Delafeuille en lui serrant la main. Il eut honte de cette remarque, pour silencieuse qu'elle fût. Murnau elle-même avait des problèmes de poids, et il aimait beaucoup Murnau. Comme il arrivait souvent, l'époque le confrontait à ses préjugés. Grossophobe, lui. Comme s'il n'avait que ça à surveiller.

– Bonjour. Je suis Ben. Le neveu de Madeleine.

– Delafeuille. Asseyez-vous, Ben.

Il lui désigna l'un des fauteuils pour visiteurs, en espérant qu'il tiendrait le coup.

– Alors, Ben ? Votre tante m'a dit que vous aviez un projet de livre ?

– Oui, dit Ben. Un best-seller, en fait.

Le fauteuil fit un bruit inquiétant. Delafeuille sourit à Ben. Je n'aime pas ce gros con, pensa-t-il avec une netteté de cristal. Tu as raison, mon gars, je n'ai que ça à foutre de toute la journée.

– Pourquoi moi ? gémit-il.

– Pardon, qu'est-ce que vous dites ? demanda Ben.

– Rien, rien. Donc, comment dirais-je… Qu'est-ce que vous attendez de moi, au juste ?

Ben regarda par la fenêtre. Il semblait se demander ce qu'il faisait là. Delafeuille aussi se posait la question. Cela arrivait à la plupart des gens, à un moment ou à un autre. Dans le tertiaire, où la lutte pour la vie tenait parfois de l'art abstrait, c'était fréquent.

– Je suis No Sex, dit Ben au bout d'un moment.

– Moi aussi, grommela Delafeuille. Mais contrairement à vous, ce n'est pas une décision délibérée.

– Je crois vachement à la littérature. Je trouve ça puissant.

– Vous n'avez pas tort. Je veux dire, pas forcément.

– J'en lis pas mal.

– C'est bien.

– Et du coup, j'ai écrit un truc. Je crois que ça tient la route. Je vous le fais passer par Airdrop.

Un téléphone d'une surface conséquente jaillit soudain dans la main potelée du jeune homme. Son pouce exécuta trois petits bonds de lapin sur l'écran, et l'objet disparut à nouveau. Delafeuille avait l'impression d'assister à un tour de passe-passe, comme toujours quand il voyait un adolescent manier ces choses-là.

– Voilà, vous l'avez.

– Hein, je l'ai ? Qu'est-ce que j'ai ? (Delafeuille chercha des yeux son petit flacon de gel hydroalcoolique.)

– Le pdf. Mon manuscrit. Je viens de vous l'envoyer par Airdrop.

Ben désigna le téléphone de l'éditeur, posé sur le bureau.

– Sur votre tel.

– Ah… oui, bien sûr. Je vais lire ça avec intérêt.

– Je voulais quand même en parler un peu avec vous. Vous le pitcher.

Delafeuille joignit doctement les doigts.

– Me le pitcher, oui.

– Il y a un sous-texte vachement intéressant, je veux pas que vous passiez à côté.

– Effectivement, nous ne pouvons pas prendre ce risque.

– C'est pas pour me vanter, mais c'est vachement profond. Je sais pas comment vous dire… C'est le livre de la rentrée.

Delafeuille haussa un sourcil.

– Le livre de la rentrée…

– Oui, oui, j'en suis sûr. Je l'ai vu. Je veux dire, j'ai eu une vision. Il y en avait partout.

Ben s'agitait sur son fauteuil. Delafeuille se leva, comme mû par un ressort. Ce ne pouvait pas être une coïncidence.

– Pitchez-le-moi.

– Voilà, c'est quelqu'un qui est amoureux de quelqu'un d'autre et qui lui envoie des SMS. Et l'autre il répond par des SMS. En fait c'est que des SMS, tout le bouquin jusqu'à la fin.

L'éditeur faisait les cent pas, à raison de trois dans un sens et trois dans l'autre.

– Un roman épistolaire, en quelque sorte…

– Ouais, c'est moderne. Y a zéro description.

– Zéro description.

– Et un vrai langage d'aujourd'hui. La forme, c'est vachement important. C'est vachement moteur. J'ai viré toute la ponctuation, parce que c'est artificiel. C'est vrai, personne ne dit virgule. Vous dites virgule, vous, quand vous parlez ?

– Non, reconnut Delafeuille, je ne dis pas virgule.

– Ça casse le rythme, et le rythme c'est important. Du coup il y a un effet hip-hop, surtout sur la fin.

– Super. Et qu'est-ce qu'ils se racontent ?

– Ben tout. Tout et rien. J'ai recopié pas mal de trucs sur les réseaux. C'est vraiment un plan en coupe de ce qui se passe aujourd'hui.

– Le *Zeitgeist*.

– Hein ? Oui oui, le *Zeitgeist*. Et pas mal de cul, aussi.

– Mais No Sex.

– Exactement, vous avez tout compris.

– Mais, vos personnages, qui sont-ils ?

– Ben, c'est ça qui est fort, on n'en sait rien.

– Rien.

– Rien de rien. On sait ni leur âge, ni leur sexe, ni si c'est des Noirs ou des Blancs ou encore autre chose. On sait même pas si c'est toujours eux parce qu'à un moment donné je suggère que le téléphone a changé de mains, en tout cas c'est possible, ça se pourrait par exemple que l'un des deux ou les deux se le soient fait piquer. Mais la conversation continue. Ils disent tout et son contraire. Je survole tous les problèmes de genre, de race, d'identité. Je suis déjà dans le coup d'après.

Delafeuille s'immobilisa, regarda Ben. Le jeune homme à son tour cessa de faire pivoter son fauteuil pour regarder l'éditeur en face.

– C'est bien vu.

– Ouais je trouve. Pas la peine de mettre un correcteur sur le manuscrit, c'est plein de fautes comme les vrais SMS. Ça donne un côté vécu vrai.

– Et vous avez un titre ?

Ben sourit d'une oreille à l'autre.

– *Nouveau message.*

Delafeuille hocha la tête. Il le voyait déjà en *facing*. Des murs entiers. La Fnac, Cultura, Leclerc. *Nouveau message*. « Eugénie, pensa-t-il, va se pisser dessus. »

Le matin du troisième jour à Farsac, Delafeuille se leva à l'aube, comme cela lui avait été indiqué. Il faisait déjà beau et chaud, la pelouse était striée de grandes barres de soleil. Delphine s'agitait sur la terrasse, à sa manière silencieuse et fluide. Elle l'accueillit de son habituel sourire, auquel il semblait pourtant impossible de s'habituer, tant c'était à chaque fois comme un autre lever du soleil.

– Bonjour, monsieur Delafeuille. Vous avez bien dormi ?

– Très bien. Ce silence. Je crois que je pourrais m'y faire.

– Oui, on s'y fait très vite. Je vous le confirme.

– Pourtant, c'était bref. On s'est couchés tard, non ?

Elle virevolta autour de lui tandis qu'il s'asseyait, encore gonflé de sommeil. Elle portait un long peignoir de soie blanche sur ce qui semblait être une minuscule nuisette noire. Il eut honte de noter ces détails. C'était une mère de famille, la femme de son hôte.

– Grand départ ivre vers la mer, dit-elle en servant son café. C'est le programme du jour. Je crois que vous ne prenez pas de sucre ?

– Ah non, merci.

– Vous avez des croissants, des cornflakes, et le jus d'orange est là. Des œufs brouillés vous feraient plaisir ?

Il refusa. Tout était tellement parfait. C'était difficilement supportable.

– Luc n'est pas levé ?

– Il charge la voiture avec Tommy. Nous n'attendions plus que vous. Vous m'excusez ? Je dois m'habiller.

– Bien sûr.

Resté seul, Delafeuille savoura son petit déjeuner. Il perdait ses repères. Les manuscrits qu'il s'était promis d'expédier pendant le week-end étaient toujours au fond de son sac.

Son mug à la main, il traversa la pelouse en direction des voitures, pieds nus. Le contact de l'herbe lui rappela ce que Luc disait la veille : « Ici nous avons retrouvé le monde physique. » Il le trouva debout à l'arrière du pick-up, en train de faire basculer une planche de surf dans la benne. Tommy était assis au volant.

– Grand départ ivre vers la mer, dit Luc lorsqu'il le vit. Faut que tu t'habilles, Delafeuille.

– Ta femme occupe la salle de bains. C'est quoi, cette histoire de départ ivre ?

Luc le regarda sévèrement.

– *Belle du Seigneur* ? Ne me dis pas que tu ne connais pas par cœur.

– Eh bien… ça fait longtemps. Tu sais, plus personne ne lit ça.

Luc n'écoutait pas. Debout sur le marchepied, il s'affairait à caler la planche. Delafeuille fit le tour du véhicule, un vrai mastodonte. Tommy était concentré sur la conduite. Le sérieux de l'enfant le frappa soudain. Contrairement à sa mère, il ne souriait jamais.

– C'est toi qui vas nous conduire, Tommy ?

– Bonjour, monsieur Delafeuille. C'est un Dodge RAM. Un truc qui tue la planète. Il y a un V8 de 395 chevaux sous le capot. Je ne le maîtrise pas encore, pour être honnête avec vous.

– Ah. Donc, c'est ton papa qui nous emmène.

Tommy ne répondit pas, cela lui semblait visiblement superflu. Il caressa le volant de ses petites mains. Il regardait devant lui, peut-être le chemin qu'il lui restait à parcourir avant d'obtenir certains privilèges des adultes. Delafeuille se dit qu'il ne devait pas oublier, pour les romans *Star Wars*. Il retrouva Luc à l'arrière du véhicule.

– Pas très écolo, cette chose-là, dis-moi.

Luc lui posa la main sur l'épaule, en un geste solennel.

– Non. Je vais te faire une confidence : le dérèglement climatique, on s'imagine que ça a quelque chose à voir avec la course au profit généralisée, le tourisme de masse, la complicité des gouvernements et des multinationales, l'absence de réglementation dans les pays émergents, tout ce bordel, eh bien pas du tout. Le dérèglement climatique, c'est de ma faute.

Un bonheur parfait. Le titre de James Salter surgit dans la mémoire de Delafeuille. Assis sur le sable, à l'ombre d'un bunker joliment tagué de grosses lettres roses ou bleues par une horde de grapheux déchaînés, il laissait son regard errer sur la grève. Pablo galopait, surexcité par la présence énorme et mystérieuse de l'océan. Tommy courait vers les vagues hautes qui se fracassaient à quelques mètres à peine, embrasées de soleil, lourdes et blanches comme de la chantilly. Le petit garçon rebroussait chemin en hurlant, traçant sur le sable de courageuses trajectoires perpendiculaires à la course effrénée du chien. Ses cris de terreur et de joie mêlées se perdaient dans le fracas des vagues. Delphine marchait un peu plus loin, les bras croisés sous les seins, ses longs cheveux noirs dansant autour d'elle avec les changements du vent. *Les jambes des femmes sont des compas qui arpentent le globe terrestre, lui donnant son équilibre et son harmonie...*

Il voulut vérifier l'exactitude de la citation sur son téléphone, mais l'écran étant difficilement lisible à cause du soleil, il y renonça. Je crois que c'est ce film de Truffaut... Bref. Un bonheur parfait. Oui. Je ne sais plus trop de quoi ça parle, mais les mots, les mots ressemblent à ça, non ? Ils sont si heureux, c'est presque insupportable à regarder.

Luc n'était à ce moment-là qu'une petite tête émergeant entre deux vagues, à côté de sa planche. Un accident est toujours possible, pensa Delafeuille, pour aussitôt hausser les épaules, chasser la pensée mauvaise, mauvaise et indigne. Qui suis-je pour être jaloux de ce gars-là ? Est-ce qu'il n'a pas des ennuis dont j'ignore tout ?

La houle le cacha quelques secondes aux regards. Delafeuille fronça les sourcils, un peu inquiet malgré tout. Soudain Luc jaillit de l'eau, s'allongea sur sa planche, pagaya sur quelques mètres, à grandes rotations de ses bras musclés. La vague le souleva et dans la même seconde il se mit sur ses pieds, avec une grâce naturelle qui semblait inclure l'homme dans le mouvement de la mer, quelque chose là encore de parfait, qui forçait l'admiration, à nouveau éveillait la jalousie, une jalousie sans fin, comme chaque fois qu'on voyait quelqu'un accomplir ce dont on était incapable, en particulier lorsque c'était une activité physique, ce con-là sait vraiment tout faire, Delafeuille à nouveau fit son possible, ne pas basculer du côté obscur, il plaça sa main en visière pour ne rien perdre du spectacle, il vit que Delphine aussi regardait, la main en visière, et Luc prenait la vague, virait dans un sens, puis dans l'autre, aérien, beau comme un dieu, comme si tout cela était simple et facile, alors que, Delafeuille le savait pour avoir essayé une fois, il était tout simplement impossible de tenir debout sur une planche de surf, même dans vingt centimètres d'eau plane. On en revenait toujours à la même conclusion déprimante, les hommes ne sont pas égaux.

En fin de matinée les vagues perdirent de la hauteur. Luc sortit de l'eau, sa planche sous le bras, alla s'asseoir un peu plus loin sur le sable. Puis il bascula en arrière, les bras en croix, demeura au soleil comme une épave inerte. Delafeuille remonta son pantalon et s'aventura à mettre les pieds dans l'eau. C'est bien ce qu'il avait imaginé, elle était gelée.

Tommy voulut aller nager.

– Trop dangereux, dit sa mère.

– Mais non, regarde, y a moins de vagues.

– C'est dangereux quand même.

– T'as qu'à venir avec moi.

L'éditeur s'éloigna de quelques pas. L'air chargé d'iode lui tournait la tête. Le soleil le chauffait agréablement, un petit vent de mer courait entre ses mollets. La plage s'étendait sur des kilomètres, on n'y croisait encore, en ces dernières journées de beau temps, que des silhouettes isolées. Deux couples d'amoureux, deux autres surfeurs, un vieux monsieur et son chien, que Pablo vint renifler et avec lequel il partit dans un sprint effréné.

Il se demanda ce qu'il faisait ici. C'était très agréable, cela dit. Il avait oublié tous ses soucis. Ici finissait le monde occidental, ici commençait l'océan. Un nouveau départ semblait possible. Il regarda ses mollets blancs aux poils hérissés, ses pieds nus dans le sable mouillé. Prendre un peu de couleurs ne lui ferait pas de mal.

Il fit demi-tour, tranquillement, heureux de n'avoir pas d'horaire, pour la première fois depuis des mois.

Delphine quittait sa robe.

La robe glissait sur les épaules, découvrait la taille, s'arrêtait sur les hanches. Il s'arrêta lui aussi, se demandant s'il pouvait s'approcher plus avant. C'était absurde. On était sur la plage. Il perdait toute raison en présence de cette femme.

La robe finit par se répandre sur le sable. Elle prit la main de Tommy et ils partirent vers la mer en courant.

Elle n'était pas nue, comme il l'avait cru un instant, abusé par le contrejour. Elle portait un bikini, un petit bikini blanc. Il se laissa tomber sur le sable.

Parfois, forcément, elle ne portait rien du tout.

Il hocha la tête, acquiesçant aux images douloureuses qui l'assaillaient.

À midi, ils trouvèrent une « cabane aux huîtres ». Une simple terrasse en bois, montée sur pilotis, où l'on avait disposé des tables et des chaises pliantes, copieusement attaquées par la rouille. Des nappes en papier tenaient avec des épingles à linge.

– Ça ne paye pas de mine, dit Delafeuille.

– Ne t'inquiète pas, dit Luc. C'est toujours là qu'on vient.

Ils furent accueillis par un homme sympathique avec une tête d'Hemingway. C'est ainsi que Delphine le décrivit, et c'était assez juste.

Grosses crevettes, petites sardines grillées, couteaux, chipirons à la plancha, et bien sûr les huîtres, tout cela sortait de l'eau et fut servi en quelques minutes, accompagné d'une bouteille d'un excellent Entre-deux-mers. Tommy bien sûr n'aimait rien de toutes ces choses. Il réclama des frites et un Coca, ce qui fut considéré par Hemingway comme « dramatique mais possible ».

Assis à ses pieds, Pablo fut à deux ou trois reprises difficile à canaliser, mais dans l'ensemble les trois adultes purent tranquillement profiter de l'instant.

– On va descendre plus au sud, décida Luc. Il y a de meilleures vagues en descendant.

– Mais, euh, tu es sûr ?

– C'est quoi le problème ?

– Eh bien, il faudra penser à rentrer, non ?

– Pour quoi faire ? On va prendre un hôtel.

C'était donc cette vie-là, pensa Delafeuille. Une vie bien différente de la sienne, une vie qui n'était pas, n'était plus organisée autour du travail. Une vie qui suivait le mouvement des vagues, une vie en bikini blanc.

Au milieu de la nuit, il ouvrit les yeux et regarda le plafond. Il mit un moment à comprendre où il était. Le bruit de la mer s'imposa à lui. Une vague, une autre, encore une autre. *Les vagues.* Il avait dormi comme un bébé.

Hossegor. Un petit hôtel avec vue sur la mer (animaux acceptés), deux chambres contiguës, deux petits balcons de bois surplombant la plage. Il avait eu cette pensée mesquine, absurdement mesquine que, Tommy partageant leur chambre, ils n'auraient sans doute pas de rapport sexuel cette nuit. Il comprenait toute la stupidité de la chose, l'affreuse inanité de ce raisonnement, mais il ne pouvait pas nier que cela lui avait traversé l'esprit.

Incapable de se rendormir, il reprit la lecture de *Nouveau message* où il l'avait laissée. Ben n'avait pas menti, le texte était truffé de fautes. Si c'était un critère d'authenticité, on était là dans quelque chose de très vrai. Il essaya de se concentrer, se fixa des défis (allez, je vais jusqu'à la page 100) mais c'était peine perdue. Après tout, se dit-il, personne ne lira jamais ce truc en entier, pourquoi serais-je le seul à me faire du mal ? Il bascula sur sa boîte mail, envoya un mémo à Eugénie. Il avait trouvé l'oiseau rare, disait-il, un succès annoncé. Blablabla. Était prêt à en parler avec elle dès son retour.

Il éteignit l'ordinateur et se pelotonna dans les draps.

Le sujet du livre, dans tous les sens du terme, arriva sur le tapis à l'heure de l'apéritif.

La baie de San Sebastian, dans les reflets du couchant, ressemblait à une carte postale de San Sebastian. Delafeuille se laissait porter. Ces quelques jours passés avec eux avaient suffi. Il avait oublié le boulot et tout ce qui allait avec. Après Hossegor et Biarritz, Luc avait décidé de pousser jusqu'en Espagne. On prit à nouveau deux chambres dans un hôtel de rêve. Luc partait aussitôt pour la plage, sa planche sous le bras, et tout le monde suivait.

C'était leur dernier jour. Pas de vagues aujourd'hui, ou pas suffisamment. La planche était restée dans la benne du Dodge. Ils avaient sillonné les avenues du centre, pris des tapas aux petites terrasses de la vieille ville. Dans une boutique branchée aux murs de pierre apparente, Delphine avait trouvé un pantalon. Un improbable pantalon vert, qu'elle leur montra à tous les trois, contente comme une petite fille. Elle sortit de la cabine et défila dans le magasin. Elle voulait leur avis.

– J'aime pas le vert, dit Tommy.

– Pas sexe, dit Luc.

Delafeuille ne ressentit presque pas de gêne. Il faisait partie de la famille, à présent.

– Il est fait pour vous, dit-il.

Elle prit le pantalon vert, ravie. Delafeuille considéra cela comme une victoire. C'était idiot. Il en avait conscience. Mais lui aussi était ravi.

La journée avait passé comme un rêve sucré. Delphine était repartie pour la plage, avec Tommy qui voulait prendre un dernier bain. Delafeuille avait trouvé plus raisonnable, et plus approprié, de prendre un verre avec Luc à la terrasse de l'hôtel.

– Tu veux quoi, une bière ? *Hola, Señorita. Dos cañas por favor.*

– Je ne me rappelais pas que tu parlais espagnol, nota Delafeuille, un peu agacé.

– *Si, mi amigo. Sabes, la especulación intelectual es, por consiguiente, una pérdida de tiempo. En esto Nietzsche y nuestras abuelas estaban de acuerdo.*

La *señorita* apporta les *cañas* demandées. C'était une *señorita* avenante, pulpeuse et décolletée, qui ressemblait un peu à la couverture d'un vieux roman d'espionnage. Elle posa les verres, esquissa une sorte de révérence. Luc avait l'air de trouver ça normal.

– Bon, tu te détends un peu, ou bien ? Est-ce que tu es content d'être là, au moins ?

Delafeuille se laissa aller sur sa chaise.

– Bien sûr. Tu m'as donné l'occasion de m'éclipser. La vie à Paris n'est pas très fun, en ce moment.

– J'imagine. Alors, c'est quoi tous ces soucis ?

– Oh, rien de très passionnant. Tu es sûr de vouloir entendre parler de ça ?

– Je te croyais peinard, chez Mirage.

– Je l'étais. Il y a eu du changement.

Après tout, pourquoi ne pas lui dire ? On était loin. Il n'y avait aucun danger, ici, à s'épancher.

– Nous avons une nouvelle directrice commerciale. Eugénie… Je n'arrive jamais à prononcer son nom de famille. Bref, elle a décidé qu'elle voulait des prix. Elle veut faire l'évènement. Le livre de la rentrée.

– Elle a bien raison.

– Écoute, ce n'est pas à toi qu'il faut faire un dessin. Tu connais la vie en entreprise. Elle me met la pression, voilà.

– Ah oui.

Delafeuille regretta d'avoir abordé le sujet. Inévitablement, il faudrait retourner à Paris. Demain, après-demain au plus tard.

– C'est quand même très beau, dans le coin. Je veux dire, tout le coin. Chez toi, les Landes, le Pays basque… Et jusqu'ici. Toute la côte.

– Oui. C'est la Californie. Ou presque.

– Il fait un temps magnifique. Et ta femme est charmante.

– Tu trouves ?

– Mais… oui, bien sûr.

– Bon, tant mieux.

Luc prit le temps d'allumer une cigarette. La troisième depuis qu'ils étaient assis. Il appartenait à cette catégorie d'individus en voie de disparition.

– J'écris sur elle. En ce moment même.

– Ah bon ? Sur Delphine ?

– Oui. C'est probablement le dernier livre que j'écrirai jamais.

– Tu dis ça à chaque fois.

– Et sinon, ça t'intéresse de me lire ?

Delafeuille faillit répondre que non, pas du tout, pas là maintenant, parce qu'il avait déjà tous ces trucs à lire et qu'il y avait cette histoire de livre de la rentrée, suspendu comme une épée de Damoclès au-dessus de sa petite tête. C'est seulement alors qu'il entendit ce que Luc était en train de dire, et plus exactement ce que cela pouvait signifier pour lui.

– Attends, attends… Comment ça, tu écris sur elle ?

– Eh bien, oui. Un portrait de femme.

– Alors… C'est de la *blanche* ?

– Hein ?

– De la littérature ? Pas du roman noir ?

– Ah, oui, oui, c'est de la blanche.

– Pas de serial killer dans le coin ? Pas d'intrigues à tiroirs, de flics grotesques, de bimbos décérébrées ?

– Non, qu'est-ce que tu vas chercher ? Un portrait de femme d'aujourd'hui, honnête, simple, frontal.

Delafeuille attrapa sa bière au passage, prit une gorgée. *La première gorgée de bière.* Un portrait de femme… Il connaissait cette sensation. Les signes du destin, les planètes alignées. Ce ne pouvait pas être un hasard.

– Une femme de cinquante ans, continuait Luc. Ménopausée, parfois un peu dépressive, juste ce qu'il faut. Mais toujours amoureuse, enfin tu vois, un truc tout en nuances…

Delafeuille fronça les sourcils.

– Une femme de cinquante ans ?

– Oui. Delphine.

– On parle de la même ? Celle qui est venue me chercher à la gare ?

– Ben oui. Ma femme.

L'éditeur essuya la sueur qui perlait sur son front, soudainement et sans raison.

– La mère de Tommy ?

– Oui, nom de Dieu. Quel est le problème ?

– Mais elle a trente ans ! Trente-cinq à tout casser.

– Ah non. Non, elle n'a pas trente ans. Dommage qu'elle ne soit pas là, elle t'aurait embrassé pour ça.

Delafeuille se sentit devenir pourpre. Il plongea le nez dans sa bière en vitesse. Je l'ai vue en maillot de bain. Pas plus tard que tout à l'heure. Qu'avait dit Franck ? « On a retrouvé Benjamin Button. »

Luc haussa les épaules.

– Elle a l'air un peu fadasse, comme ça, je sais bien. Un peu nunuche. Mais je vais arranger ça, tu me connais. J'ai du style.

Il regardait le couchant. Il avait l'air content de lui. Il avait toujours un peu cet air-là, c'était très agaçant.

Delafeuille était assailli de sentiments contradictoires, et de calculs également compliqués. Luc se lançait dans la blanche. La grande littérature. Il n'était pas sûr qu'il y soit bien accueilli. D'un autre côté, cela non plus ne pouvait pas être une coïncidence. Qu'avait dit Eugénie ? Créer la surprise ? Il pouvait créer la surprise. Elle voulait simplement placer quelqu'un sur le podium. Qui, cela n'avait clairement aucune importance pour elle.

Et dans un coin de sa tête où circulaient des choses indicibles, il se dit qu'il allait lire des choses sur Delphine. C'était une façon de rester avec elle.

– On dirait qu'elle ne t'en veut pas, balbutia-t-il presque sans s'en rendre compte.

– De quoi ?

– D'être… ce que tu es.

– Qu'est-ce que tu veux dire ?

– Rien. Écoute, ça m'intéresse. J'ai besoin d'un titre pour la rentrée. Tu m'aurais proposé une de tes bargeries habituelles, la réponse était non. Mais un portrait de femme…

Ils trinquèrent. Cela ressemblait à leurs premières rencontres, quand ils étaient plus jeunes. Pas forcément très jeunes, ils s'étaient connus sur le tard. Mais malgré tout. Encore à ce moment-là, leur enthousiasme, leur croyance en l'avenir, tout ce que le temps avait dévoré. Il semblait bien qu'on pouvait à nouveau y croire.

Luc leva son verre, salua l'horizon.

– Amélie Nothomb, est-ce que tu sens mon souffle sur ta nuque ?

Dans le TGV, Delafeuille se surprit à rêver, le front collé contre la vitre, les yeux perdus dans le paysage, comme les enfants d'autrefois. Glissant au-dessus des champs nus, il essayait d'imaginer la vie dans les petites maisons perdues au milieu de nulle part, s'interrogeait sur le nom d'un village aux allures vénitiennes, suspendu au-dessus d'un plan d'eau. Il comptait les arbres aspirés par l'horizon, regardait passer les vaches immobiles, et sursauta presque à la vision soudaine de quelques daims qui s'enfuyaient. Les enfants d'aujourd'hui, penchés sur leur tablette, leur smartphone, perdus dans quelque monde alternatif, pouvaient traverser l'Europe sans rien en voir. Quelle tristesse. Pour quelques années encore, quelques décennies peut-être, ce monde étalait ses beautés intactes, et personne ne regardait.

Les daims le firent penser à Delphine, à nouveau. S'il avait jamais cessé d'y penser. Sa mince silhouette s'imposa à lui, son sourire évidemment. Il sourit à son tour en se remémorant des petites phrases simples qu'elle avait prononcées. Si naturelle. Elle semblait délivrée du souci de paraître. Le fait d'avoir quitté Paris ? C'est ce qu'elle disait. Mais il n'en croyait pas un mot. Elle était ainsi, simple et spontanée, même si elle était visiblement rompue au manège social.

Sur le siège à côté de lui, dans son sac de voyage, le manuscrit de Luc attendait. Ce tas de papier faisait un vacarme de tous les diables. Un bruit que Delafeuille était seul à entendre. Le texte cherchait à l'attirer à lui, à capter son attention, l'aspirer tout entier, lui sa vie son âme, lançant des phrases au hasard, des phrases qui parlaient d'elle. Il n'avait pu s'empêcher d'y jeter un œil en l'embarquant dans ses bagages.

Peu avant l'arrivée à Angoulême, le train ralentit sensiblement, alors qu'aucun arrêt n'était prévu. Aussi loin que le regard portait on ne voyait que la houle dorée d'interminables champs de céréales. Quelques centaines de mètres encore, et selon l'expression usuelle, le train s'arrêta en pleine voie. La voix dans le haut-parleur confirma la chose, et pria l'ensemble des usagers de ne pas chercher à descendre.

De l'autre côté de la rangée, un homme chauve se tourna vers Delafeuille.

– C'est toujours pareil quand on arrive à Angoulême. Encore un auteur de BD qui s'est jeté sur la voie.

– Ah. Mais… ça arrive souvent ?

– Tout le temps. Vous savez, ils habitent tous dans le coin, à cause du festival.

– Ah oui, le festival de la bande dessinée. C'est vrai, c'est à Angoulême.

L'homme chauve hocha la tête.

– C'est très dur, la BD. Il y a un taux de suicides très élevé.

– À ce point ?

– Vous n'êtes pas dans l'édition, vous.

– Si, justement. Mais je suis dans la blanche. Je veux dire, la littérature.

– Ah oui, la littérature. Sans blague ? Ça existe encore ?

Delafeuille se raidit.

– À ma connaissance, oui.

– Je vous charrie. Je suis dans la dif. Non, sérieusement, le manga va tout dévorer. En chiffre d'affaires, ils sont juste derrière la litte. Dans moins de deux ans, ils seront premiers sur le secteur. Faites-moi confiance.

– Oui, enfin, ce n'est pas la même chose. Pas le même public.

– Je ne vous l'envoie pas dire. Ce sont les vieilles qui lisent des livres. Les vieilles. Bientôt elles seront toutes mortes. Les teenagers, non.

Delafeuille ne put s'empêcher de sourire.

– Évidemment, présenté ainsi…

– Mais bien sûr ! Et ils ne grandissent plus, pas ceux d'aujourd'hui. Ils vont traîner chez Pôle emploi au lieu d'aller au lycée, mais sinon, c'est les mêmes. Ils vont continuer à se gaver de *Naruto* jusqu'à l'âge de la retraite. Vous êtes entré dans une librairie, récemment ?

– Euh, dit Delafeuille.

– Les mangas, c'est un quart de la surface. Pas moins.

– Oui, mais… Tout de même, les livres, c'est notre histoire à tous. La mémoire des hommes, non ?

Le chauve n'écoutait pas. Il regardait son téléphone.

– Je ne suis pas tranquille tant qu'on n'a pas passé Angoulême, marmonna-t-il.

Le lendemain un peu avant midi, Delafeuille s'assit à la terrasse du Hibou, à quelques pas de l'Odéon. Il n'avait jamais totalement perdu cette habitude de travailler dans les cafés. Il hésitait devant le manuscrit de Luc, un peu comme cette première nuit à Farsac, lorsqu'il attendait que la salle de bains se libère. Mais il s'agissait là justement d'entrer dans l'intimité du couple. Il n'y avait pas de raison que Luc fût meilleur que les autres. Il y aurait des scènes de sexe.

Il ne voulait pas assister à tout ça. Mais il ne voulait pas quitter Delphine. Tout a un prix ici-bas. Il lui fallait, pour de bon cette fois-ci, entrer dans ce qui n'était pas vraiment une fiction. L'ironie de la chose ne pouvait pas lui échapper.

– Et pour monsieur ?

Le garçon de café, aussi parisien qu'on peut l'être, le toisait avec le mélange habituel de condescendance et d'impatience. Depuis toujours, se dit l'éditeur, ils ont mieux à faire que de s'occuper de vous. Cette autre activité, qui requiert leurs véritables compétences et ne souffre aucun délai, demeure à ce jour une énigme pour les chercheurs.

– Je ne sais pas. Un crème ?

– C'est comme vous voulez. On a beau être en démocratie, le client est roi.

– Non, mettez-moi un express.

– Allons-y Alonzo.

Delafeuille sortit le tas de feuilles retenu par un élastique de son enveloppe kraft. C'était Luc tout craché. Un pied de nez à la modernité. Un bras d'honneur au progrès.

Contrairement à ce qu'il redoutait, les premiers chapitres ne contenaient aucune scène de sexe. Était-il déçu ? Dès le premier paragraphe, elle arrivait à la gare d'une démarche vive, enjouée, un peu gauche et pourtant si féminine, ah ça oui. Il la regarda avec plaisir déambuler sur la page, lui sourire et se présenter.

– Bonjour. Je suis Delphine.

Il fronça les sourcils. Cela lui rappelait quelque chose. Un autre texte, peut-être ?

– Et le café de monsieur.

Le garçon repartit faire son vrai métier. Delafeuille posa le manuscrit sur le guéridon voisin. Murnau arrivait à ce moment-là.

Elle s'imposa avec son autorité habituelle dans le carrefour, obligeant un coursier à la contourner et une Mercedes de chez Uber à s'arrêter. Elle atteignit le trottoir sans encombre, lui sourit. Delafeuille se leva. Murnau s'approcha de son déhanchement d'obèse, faillit l'embrasser, chassa l'idée de la main.

– C'est vrai, on oublie, dit-elle. Je suis en retard ?

Elle prit place en face de lui. Le garçon l'avait déjà vue. Et il était au garde-à-vous. Il y a des gens comme ça, pensa Delafeuille.

– Un autre. Merci.

– Tu es très élégante, dit-il.

– Bien obligée. On dira ce qu'on voudra, quand tu fais vingt kilos de trop, le minimum c'est d'être soignée. C'est juste que les talons, ça me fait chier. Je commence à avoir du mal. Moi qui aime tellement les pompes. C'est con, hein ?

– Eh bien, je…

– Te sens pas obligé de répondre à toutes mes bêtises. Alors, comment tu l'as trouvé ?

– Ton neveu ?

– Oui, pas le pape.

Le deuxième café était déjà là. Le garçon recula de deux pas, attendit avec déférence. Murnau ne lui accorda aucune attention.

– C'est un jeune homme, euh, plutôt intéressant.

– Oui, bon. Il t'a parlé de son livre ?

– Oui.

– Tu as sacrément bonne mine, dis-moi.

– J'étais dans le Sud-Ouest, ce week-end. Presque toute la semaine, en fait. Luc m'a invité.

– Luc… Ah oui, ton pote. Celui qui a fait de toi un personnage de fiction.

– Oui.

– Alors ça. Il me semblait bien avoir entendu dire qu'il avait quitté Paris. Le chenapan. Juste avant le Covid.

– Oui. Il a échappé à tout ça. Il promène son chien, il fait du surf…

– Il s'est encore remarié, non ? Troisième fois, quatrième ? C'est qui, la nouvelle ? C'est pas cette fille qui était avec MC Solaar dans les années 90 ?

Delafeuille haussa les épaules.

– Comment le saurais-je ? J'étais pas né.

– Tu es drôle, Delafeuille. Tiens, je vais t'inviter, ça me fait plaisir. Je t'emmène au jap. Bon, t'as fait des photos j'espère ?

– Attends, oui. J'en ai pris une ou deux.

Delafeuille chercha les photos sur son téléphone, le fit passer à Murnau.

– Là c'est Luc et son môme. C'est l'arrière de la maison.

– Il a pas vraiment changé. On voit pas sa femme ?

Delafeuille se sentit rougir. Comme il avait bonne mine, ça ne devait pas trop se voir.

– Fais défiler sur la droite.

– Ah oui… Ah d'accord. Oui, je vois qui c'est.

– Tu l'as forcément croisée. Ils habitaient dans le coin, avant.

– Ça c'est de la Milf. Elle est super bonne, non ? Si j'avais quelques années de moins…

Delafeuille se raidit.

– Je m'étonne d'entendre une femme, par les temps qui courent, s'exprimer avec aussi peu d'égards pour…

– Ça va, ça va. Même moi j'en ai un peu plein le cul de MeToo. C'est comme les huîtres, arrive un moment… Bon, comment était ton séjour ? Qu'est-ce qu'il veut, l'autre, maintenant ?

– Il se lance dans la blanche.

– Pas possible ? Encore un qui n'a rien compris. Qu'est-ce qu'il s'imagine, qu'on va lui faire de la place ? Sans blague, qu'est-ce qu'ils ont tous en ce moment ?

– Ben, je trouve ça pas mal. Ce qu'il écrit. Il est sur… un sujet intéressant.

– Attends, laisse-moi deviner. Il parle de lui.

– Eh bien, pour tout dire…

– Je vais te dire ce que j'en pense : les livres qui parlent d'écrivains qui écrivent des livres n'intéressent plus les gens, et c'est normal. Ils en ont trop bouffé, ces vingt dernières années.

– Oh, tu sais, depuis Montaigne…

– Ça va, ça va, ne joue pas ton érudit avec moi. Dis-moi plutôt ce que tu penses de Ben. De son texte, je veux dire. T'as jeté un œil ?

Delafeuille prit une gorgée de café.

– Oui, dit-il.

– Et donc ?

– J'en ai parlé à Eugénie. Je pense qu'elle va adorer. C'est exactement ce qu'on cherche en ce moment.

– Bon. Super. Et toi, tu en penses quoi ?

Il haussa les épaules. Est-ce que ce bref séjour l'avait changé à ce point ? Il avait toujours apprécié Murnau, son franc-parler, la brutalité de ses manières. Et là, d'un seul coup, il avait envie de douceur, de douceur et de silence.

– C'est de la merde.

Murnau demeura quelques secondes sans réaction, tourna la tête vers le carrefour. Puis elle éclata de rire. Un rire plein, sonore, qui avait toutes les apparences de la gaieté, mais il était difficile d'être sûr. C'était Paris.

– Je t'adore, dit-elle. Il n'y en a pas deux comme toi.

De retour au bureau, il s'est plongé dans le livre de Luc.

Passé les premiers chapitres, l'exposition, la présentation des personnages, il y a un déplacement dans l'espace : on suit le personnage de l'éditeur et l'action se déroule maintenant à Paris. Il est à nouveau question du livre de la rentrée, mais on sent bien que cela n'est qu'un prétexte.

Puis il y a un déplacement dans le temps. Luc semble éprouver le besoin de revenir à l'époque qui a précédé leur départ. Delafeuille commence un nouveau chapitre, et retrouve Delphine.

Dans les rues de la capitale, c'est une autre femme. Une Parisienne, au sens balzacien du terme. Elle a beaucoup d'allure. C'est indéniable. Delafeuille peut presque la voir marcher, là devant lui, de ce pas vif qu'il a parfois eu du mal à suivre. Grande, mince, savamment décoiffée, elle porte un long manteau et de hauts talons qui l'allongent encore. Tout le monde se retourne sur elle.

Elle va d'un bon pas dans les rues du sixième, ou dans celles du cinquième. Son territoire est évidemment celui d'une certaine littérature, celui que circonscrit Perec dans *Les Choses*. Il est clair qu'elle n'est pas disponible. Ni maintenant, ni jamais. C'est toute une manière d'être, un ensemble de messages savamment orchestré. Même si le pas ralentit, le regard reste toujours au loin. Elle est déjà là où on l'attend. Ce genre de femme est toujours attendu quelque part. Elle fait partie de cette faune, les gens qu'on croise aux terrasses des cafés historiques, dans les boutiques de luxe, les boîtes à la mode, aux tables des grands restaurants. Et dont on se demande s'ils ont autre chose à faire, dans la vie, que de dépenser de l'argent.

Tout cela n'est qu'apparence, comme il se doit à Paris.

La voilà qui se dirige vers une voiture minuscule, féminine, branchée, une Austin 850, ou peut-être une Smart première génération. Elle est garée un peu n'importe comment, une ou plusieurs contredanses ont été laissées sous l'essuie-glace. Elle se glisse dans l'habitacle, retire ses talons hauts, enfile une paire de baskets. Elle laisse derrière elle cette vie de parades et de fêtes pour se glisser dans une autre. Une vie que ses amis de Saint-Germain ne connaissent pas.

Pour le dire simplement, elle travaille. Aussi étonnant, aussi improbable que cela paraisse. Voilà quelque chose de tout à fait insoupçonnable. La voiture est l'objet magique dans lequel elle disparaît, et qui lui permet d'apparaître ailleurs, sous un autre jour. Sauf nécessité absolue, les gens de la nuit ne changent pas d'arrondissement. Ils ne sauront jamais que, contrairement à eux, elle doit gagner sa vie.

La petite voiture traverse le Pont-Neuf et s'engouffre dans un garage souterrain. Elle salue le vigile qui garde l'ascenseur, un homme noir au costume impeccable et au sourire joyeux, la seule créature sur tout Paris qui peut lui faire concurrence dans ce domaine particulier.

– Ça va comme vous voulez, madame ?
– Oui monsieur. Et vous-même ?
– Super.
– Bon. Tant mieux.

Les mêmes petites phrases, chaque jour que Dieu fait. Elle entre dans la cabine. L'ascenseur s'arrête presque à chaque étage. Des commerciaux en costume, des commerciales en tailleur, des coursiers casque encore sur la tête, des créatifs en jean noir et polo noir et baskets noires, des postes de direction qui ont tombé la veste, des clients qui font la gueule, toute la population qu'elle connaît si bien circule comme à l'habitude, entre et sort de la cabine, à un rythme de stroboscope.

C'est ici, dans l'antenne parisienne d'un groupe de communication britannique, qu'elle gagne son loyer intramuros et ses voyages aux antipodes. Ici, elle peut être laborieuse, obéissante, utile. Ici, on la considère. Non comme un bel objet, ni comme une muse, ces avatars qu'elle a laissés de l'autre côté de la Seine. On l'attend pour commencer la réunion. On écoute son avis. Elle fait partie de l'équipe. Elle n'est pas leur mascotte, elle n'est pas leur petite chérie, elle n'est pas leur plante en pot. On lui reconnaît une compétence, précise, pointue, personnelle.

– T'en penses quoi, Delphine ?

Il a fallu des années pour entendre cette petite phrase, et l'entendre régulièrement. Mais c'est là.

Elle retrouve le grand bureau auquel elle a droit depuis qu'elle occupe un poste de direction. Entre deux pots à crayons, une photo de ses enfants. Sa grande fille tient Tommy dans ses bras. Sur l'écran de l'iMac dernier modèle, les mêmes, en compagnie du chat. Luc n'est nulle part en vue. Elle est prudente. Elle a raison. On ne couche pas avec quelqu'un qui fait le même métier, pour une boîte concurrente. Les enfants, eux, sont des choses envisageables, dès lors qu'on accepte de ne pas leur consacrer de temps.

La matinée passe, ni pire ni meilleure qu'une autre. Elle attend une réunion classée Haute Importance sur son agenda électronique. On lui annonce qu'elle aura finalement lieu dans l'après-midi.

Elle ne déjeune pas. Elle préfère se promener, elle a conscience de manquer d'exercice. Marcher présente un autre avantage, cela lui vide la tête. Elle entre dans un grand magasin, presque sans s'en rendre compte. Croise une tête connue.

– Charlotte ?

– Oh, Delphine.

– Qu'est-ce que tu fais là ?

Charlotte essaie de sourire, n'y parvient pas. Elle montre les présentoirs autour d'elle. Des montres, des bijoux fantaisie. C'est alors que Delphine remarque le badge du magasin sur son chemisier. Les deux femmes se regardent un moment sans rien dire. La situation a un tel caractère d'évidence qu'elle semble plus improbable encore.

– Je rends service, dit Charlotte. Je remplace une amie.

Delphine reprend ses esprits, sourit à son ancienne collègue de travail. Charlotte a un geste évasif.

– J'ai du temps, maintenant, alors tu comprends…

Delphine cherche quelque chose d'intelligent à dire. Dire qu'il n'y a aucune honte. Elle-même a été vendeuse au rayon cosmétiques, dans une autre vie. Mais cela ne servirait à rien. Il y a encore un an, Charlotte occupait un poste de direction, tout comme elle. Elle avait une voiture de fonction. Un salaire enviable. On lui réservait des avions et des hôtels aux quatre coins du monde. Pour obtenir tout cela, il avait fallu se battre. Faire oublier qu'on était une femme, ce qui semblait toujours poser problème. Et le rappeler, à l'occasion. Une navigation compliquée.

Comme il n'y a rien à dire, elle montre l'heure à son poignet, signifiant qu'elle, en revanche, n'a pas le temps.

– On s'appelle ? Il y a longtemps qu'on n'a pas pris un verre, toutes les deux.

– Oui, très bonne idée.

– Tu as toujours mon numéro ?

– Oui, bien sûr.

Elles s'embrassent. Delphine sait qu'elles n'iront jamais boire ce verre.

Elle est de retour derrière son ordinateur. L'après-midi se traîne. Un commercial passe la tête par la porte.

– La réunion est décalée. Dix-neuf heures.

– Impossible. Je n'ai plus de nounou après dix-neuf heures.

– Il n'a pas de père, cet enfant ?

L'allusion est à peine voilée. Elle tourne lentement, très lentement la tête vers l'imbécile, pose sur lui ses yeux verts, d'habitude si chaleureux. Il est gêné, malgré tout. Il comprend qu'il a passé une ligne invisible. Il hausse les épaules.

– Qu'est-ce que tu veux que je te dise ? Ne viens pas.

Delphine sait très bien ce que ça veut dire. Elle n'a aucune envie de se retrouver au rayon babioles d'un grand magasin, et d'y croiser d'anciens collègues venus faire leur shopping.

Par acquit de conscience, elle téléphone.

– *Nadine, is it possible for you to stay a while longer tonight?*

– *No, I'm sorry madam. Can't do it tonight.*

C'est la première fois que Nadine, la nounou philippine, refuse de rester plus longtemps. Il est vrai, Delphine a fait la même requête, déjà deux fois cette semaine. Nadine est ce qu'on appelle une perle. Elle ne veut pas la perdre. Tommy est en sécurité avec elle. Depuis des mois elle accepte sans discuter les changements d'horaires de Delphine, qui sont imprévisibles. Ils sont imprévisibles parce que la vie des gens, leur vie intime, privée, librement consentie, n'est pas le problème de l'entreprise. Il semble que tout le monde ait sa ligne invisible, les nounous philippines aussi, en dépit de leur humeur égale.

Mais, après tout, pourquoi Nadine devrait-elle toujours accepter de ne pas avoir de vie ? Et pourquoi elle, Delphine, devrait-elle accepter de ne voir son enfant qu'une fois qu'il dort à poings fermés ? Au nom de quel idéal ? Voilà vingt ans qu'elle travaille dans la communication. Il n'est pas certain que ce soit une cause à laquelle on doive consacrer toute sa vie.

– Tu rentres quand ?

– Est-ce que tu sais l'heure qu'il est, à Rio ?

Luc a la voix de quelqu'un qui dort encore à moitié. C'est probablement le cas.

– Non.

– Il y a un problème ?

– Tout va bien, dit-elle.

Après tout, pourquoi l'embêter ? Qu'est-ce qu'il pourrait bien faire, de là-bas ? Lui aussi fait ce que la machine lui dit de faire. Même si, à cette époque de l'année, un tournage à Rio n'est pas ce qui peut vous arriver de pire.

Un silence. Un long silence qui passe par satellite.

– Je sens que tout ne va pas bien, dit-il.

– On parlera à ton retour.

Elle se lève, passe son grand manteau. Dans le couloir elle croise quelqu'un qui ne résiste pas à la tentation de sortir la vieille blague : « Tu prends ton après-midi ? » Il est 19 heures. La réunion a été décalée une deuxième fois, à 19 h 45.

Elle se sent coupable. Ce qu'elle a mis si longtemps à obtenir, elle vient de le sacrifier.

Elle est fatiguée. Le vigile du soir n'est pas aussi sympathique que celui du matin. Elle récupère une contredanse oubliée sous le balai d'essuie-glace, case à nouveau ses longues jambes dans le petit habitacle, jette un œil dans le rétroviseur. J'ai pris dix ans, se dit-elle. Cela ne se voit pas, à vrai dire. Mais peut-être que cela se sent. Car ils ont passé, ces dix ans. Dix ans de plus à courir, à sortir. Donc elle a deux enfants, maintenant. Dont un qui tousse.

Elle décide. Cela lui prend dix secondes.

– On se tire.

Delafeuille fait une pause. Il regarde son portable. Pour lui aussi, il est temps de quitter le bureau.

Son stylo rouge encore à la main, il se pose des questions. À tout cela, elle n'a fait aucune allusion. On ne pourrait pas soupçonner, à la voir tailler les renoncules avec soin, qu'elle a été cette femme-là, déchirée entre une carrière exigeante et une maternité tardive.

Luc est rentré de Rio. Il ne sait pas ce qui l'attend.

Elle l'a invité au Jules Verne, pour son anniversaire. Le Jules Verne est le restaurant sis au deuxième étage de la tour Eiffel. Paris s'étend à leurs pieds comme une ville conquise. Ils sont dans la place, ils sont arrivés. Ici sur le toit du monde. Une brume légère les sépare de la plèbe et des touristes. Un homme d'affaires qui ressemble curieusement à Trump est assis deux tables plus loin, en compagnie d'un collègue au physique plus anodin. Il regarde Delphine. Dans son tailleur blanc, elle a l'air d'une grande poupée, une Barbie brune, les cheveux rassemblés en une lourde queue-de-cheval. On doit pouvoir l'attraper par là, tirer sauvagement dessus pendant l'amour. C'est visiblement ce que pense Trump. C'est peut-être ce que pense Luc. C'est probablement fait exprès.

Le restaurant a beau être en plein ciel, au milieu des nuages, on est serré comme dans n'importe quel restaurant parisien. Sous la table il a posé les deux mains sur ses cuisses. Elle a mis un nouveau porte-jarretelles et des bas noirs, faire les choses bien, c'est son anniversaire.

– T'es belle.

– Tiens-toi bien.

– Je peux savoir ce que tu portes là-dessous ?

– Ce soir.

Ses yeux verts font le tour de la salle, soumettent les hommes un par un. L'intelligence du regard, cette faculté si masculine de pénétrer en l'autre, de voir à travers, équilibre et dément les signes de soumission, le corps offert, exposé, délicieusement emballé. Trump ne sait pas trop comment réagir. Apparemment il n'a jamais vu ça.

– J'ai cent douze ans, dit Luc. C'est la fin.

– D'abord, tu n'as pas cent douze ans. Et tu peux encore être président. Des choses comme ça. Comment ça se passe au boulot ?

– La routine. Ils veulent me virer.

– Encore ? Qu'est-ce que tu as fait, cette fois-ci ?

– Qu'est-ce qui te fait croire que j'ai fait quelque chose ?

– Pardon. Tu as raison.

Elle hésite. Mais après tout, il faudra bien aborder le sujet, à un moment ou à un autre.

– Moi aussi, ils veulent me virer.

– Toi ?

– Oui, moi.

– Ils sont fous.

– Et donc, j'ai eu une idée.

Il la regarde avec méfiance. La dernière fois qu'elle a prononcé ces mots-là, de cette façon-là, c'était pour lui demander de lui faire un enfant, juste avant que l'horloge biologique sonne la fin des festivités. Il n'y a aucune raison que la demande du jour soit plus raisonnable.

– Si on quittait Paris ?

Il en sursaute presque.

– Pour aller où ?

– Je ne sais pas. Quelque part au milieu des arbres.

Il retire ses mains de dessous la table, sert le vin. Quitter Paris. Il n'a jamais pensé qu'une chose pareille était possible.

– On ne peut vivre qu'à Paris, dit-il. Dès que j'ai passé le périph je me sens mal.

Elle n'est pas surprise. Ils trinquent. Le vin blanc est délicieux, ici en plein ciel, sous le regard d'un homme qui possède les codes nucléaires. Tout va sauter, cet improbable personnage est là pour le rappeler. Il faut profiter de la vie, profiter de chaque instant.

Elle repose son verre, le fait tourner machinalement entre ses doigts.

– Alors j'irai seule. Tommy tousse, il a besoin d'air. Et moi aussi. Et je ne veux pas vieillir ici. J'ai croisé une copine, hier, une fille qui était avec moi chez TB. Maintenant elle vend des bijoux fantaisie au Printemps. Comme dans Zola.

– Je crois que dans Zola, c'est plus grave, ce qui leur arrive.

– J'ai lu tout Zola. J'adore Zola.

– Je ne peux pas en dire autant, mais il me semble…

– Paris est une ville de jeunes.

– Tu as l'air jeune.

– Ça ne va pas durer. Emmène-moi. Comme dans les films noirs, on tire notre révérence. *Adieu ma jolie*. On part avec le magot.

– Le magot ? Lequel ?

Elle hausse les épaules.

– Ils vont bien nous filer une valise. C'est la pub. Ils ont plein d'argent.

– Et ta fille ? Et mes garçons ?

Elle ne répond pas. Elle regarde au-dehors, les nuages. Le ciel de Paris. La planète qui tourne, indifférente à leurs soucis. Il n'insiste pas. À l'exception de Tommy, qui vient d'arriver, leurs enfants sont grands. Ils vivent avec d'autres. On n'en parlera pas. Pas de choses tristes aujourd'hui.

– Ce restaurant porte le nom d'un écrivain, dit-elle. L'auteur du *Rayon vert*.

– C'est normal. La tour Eiffel ressemble à un roman de Jules Verne.

– C'est tellement beau. Tu es content ?

– Oui. Je n'étais jamais venu.

Il soupire. La tour Eiffel. Ils sont arrivés au sommet. Symboliquement, c'est assez bien vu. Il s'agit maintenant de gérer la descente.

Quitter Paris. Une autre vie, donc. Il laisse l'idée flotter autour de lui, regarde cette créature étonnante, pleine de surprises, la mère de son dernier enfant. La queue-de-cheval lui va bien, décidément.

– Et qu'est-ce que je vais faire au milieu des arbres ?

– Écrire des livres. Tu t'es suffisamment donné à la société de consommation. Promener le chien.

– Nous n'avons pas de chien.

– On en trouvera un.

Il capitule. Elle a choisi le lieu et les circonstances de sa défaite. Elle est plus forte que lui, plus déterminée. Cela, il l'a toujours su. Et puis, c'est elle qui a raison. Si on réfléchit bien. Il ne faut pas vieillir ici.

À nouveau, il soupire.

– Tu sais que je te suivrais jusqu'en enfer. Alors, pourquoi pas en province…

– Tu es courageux, dit-elle. Ça me plaît.

Elle lui sourit.

Assis sur un banc au soleil de fin d'après-midi, Delafeuille posa le manuscrit sur ses genoux, leva les yeux sur la Tour. Il n'était pas question qu'il invite quelqu'un là-haut. Il n'en avait pas les moyens. Sans doute fallait-il être très amoureux.

Elle était amoureuse de lui. Et lui, était-il toujours amoureux d'elle ? Qu'advenait-il entre deux êtres évidemment réunis par le sexe, la passion, quand les années passaient ? *Lorsque l'enfant paraît* ? Toutes ces questions simples n'étaient pas évoquées. Elles l'étaient rarement, cela dit, sauf dans la tragédie. Les amants s'entretuaient, ou décidaient d'en finir ensemble, ou l'un des deux tombait malade. La logique de la passion, et celle de la littérature. Mais s'il fallait continuer ? S'il fallait tout simplement continuer à vivre, aller à la rencontre des jours ? Est-ce qu'il ne passait pas à côté d'un sujet possible ?

Raoul était occupé à ranger des choses dans les rayons. Des trucs lourds, de la fantasy. Delafeuille lui laissa le temps de descendre de l'escabeau.

– Je suppose que tu n'as pas de romans *Star Wars* ?

– J'ai plein de romans *Star Wars*. Tu cherches un titre en particulier ?

– Évidemment non. Je n'y connais rien. Est-ce que j'ai une tête à lire des romans *Star Wars* ?

– C'est un bon investissement. Ceux qui étaient au Fleuve avant sont presque tous épuisés, on les trouve sur le web à des prix hallucinants, des cent euros et plus.

– C'est pour un môme qui ne lit que ça.

– Ken Liu en a écrit un. Et je crois que je l'ai.

– Qui ça ?

– Ken Liu. Ne me dis pas que tu n'as pas lu Ken Liu.

– J'ai lu tout *À la recherche du temps perdu*. Et toute *La Comédie humaine*. Je ne peux pas tout faire.

– Tu mens, Delafeuille.

– Bon, d'accord. Récemment j'ai surtout lu des conneries. Ce qui sort, quoi.

– Qu'est-ce que je suis bien au rayon polar et science-fiction ! Mais qu'est-ce que je suis bien ! Suis-moi.

Raoul jaillit de derrière sa caisse avec une soudaineté qui indiquait l'urgence de la démarche. Delafeuille lui emboîta le pas avec un peu d'anxiété, après tout il avait affaire à un docteur fou de série Z.

– Nous sommes un petit pays de gens autocentrés et nombrilistes qui se targuent d'écrire des choses importantes, mais en dehors de ce qu'ils en pensent eux, rien ne l'indique. Les grands d'aujourd'hui sont tous ici. Ceux qui peuvent encore décrypter le monde, nous émouvoir et nous apprendre vaguement quelque chose. Ken Liu. Greg Egan. Ted Chiang.

– Romans *Star Wars*, lui rappela Delafeuille, qui ne se sentait pas d'entrer dans une polémique aujourd'hui.

Raoul s'arrêta devant un rayon qui ressemblait à un autre rayon. Tous ces livres, pensa Delafeuille. C'est parfois épuisant à regarder. Ou peut-être que je vieillis, tout simplement. Je n'ai plus l'énergie.

– Tiens, ils sont tous là. Je crois que celui-là n'est pas mal. Sinon, celui-ci est collector.

Delafeuille jeta un coup d'œil sur les livres. Le moins qu'on puisse dire, c'est que ce n'était pas son univers. En pareil cas, toujours faire une confiance aveugle au libraire.

– OK, je prends les deux.

Dans l'après-midi il croisa Eugénie dans le couloir. Le Terminator, ainsi qu'on l'avait surnommée à l'étage. Eugénie était quelqu'un qu'on croisait, ou qui passait par là, mais ce n'était jamais par hasard. À l'inverse de son prédécesseur, ce n'était pas une personne qu'on savait toujours exactement où trouver. Cela ajoutait au sentiment d'insécurité qu'on éprouvait en sa présence.

– J'ai eu votre mémo.

Elle portait un tailleur gris acier sur un chemisier noir. Il était évident que cette femme était entièrement faite de métal.

– *Nouveau message*. Ça m'a l'air bien.

– Oui, je pense que c'est un objet intéressant.

– Et puis, c'est court. Et ça, c'est une vraie qualité. Le livre de la rentrée se doit d'être lapidaire. Les journalistes n'ont pas le temps de lire, pas plus que vous ou moi.

– Oui, en même temps, cent soixante pages de SMS truffés de fautes, ça me paraît un maximum…

– Vous dites que c'est le neveu de Madeleine Murnau qui nous a pondu ça ?

Delafeuille acquiesça. Ne sachant en quels termes étaient Eugénie et Murnau, il avait préféré le préciser immédiatement.

– Bon, il faudra quand même lui expliquer la vie. C'est un manuscrit que vous avez reçu par la poste.

– Ah mais, non, pas du tout. Il est passé me voir et…

– C'est un manuscrit que vous avez reçu par la poste.

Delafeuille commença à suer. Il se demanda si elle pouvait le voir.

– C'est un manuscrit que j'ai reçu par la poste.

– Il me semblait bien. Quelque chose d'autre ?

– Eh bien, je… je suis en lecture.

– Quelque chose de plus… féminin ?

– Absolument.

Elle lui sourit, le contourna à la recherche d'une autre proie matinale. L'entretien était terminé. Il se dirigea vers la machine à café avec un petit sourire satisfait. On dirait que je travaille toujours chez Mirage, se dit-il.

Delafeuille aimait Paris la nuit. Il n'était pas le premier. Tout homme romantique avait l'impression d'avoir inventé Paris. La certitude que la ville lui appartenait en secret. *Paris est une fête*, disait Hemingway. Il avait parfois envie de relire Hemingway. Mais où trouver le temps ?

Il s'assit à la terrasse du Bonaparte, commanda un Nikka, ce whisky japonais que Luc appréciait. Il pensa à Delphine. Il pensait tout le temps à Delphine, pour dire la vérité. Assis là à la terrasse du Bonaparte, à siroter un Nikka. Luc avait dû l'attendre ici. C'était inévitable. Ils avaient rendez-vous, après les longues heures de travail. Oui, ici même. Il la vit arriver, toute fraîche malgré la fatigue, presque l'air d'une lycéenne, un goût de diabolo menthe dans la démarche. Autre raison pour laquelle on se retournait sur elle : elle ne se maquillait jamais, ne portait aucun bijou. C'était une femme nue. Une femme dont on tombe amoureux dès l'enfance.

Parfois elle mettait un soutien-gorge très cher, transparent, inutile, indispensable. Pourquoi cette précision ? D'ailleurs y avait-il une raison à ces passages parisiens, quelque chose pour compléter le « portrait de femme » que Luc se proposait de brosser, ou Delafeuille se laissait-il tout simplement embarquer par son désir d'en savoir plus sur elle ?

– Le Nikka monsieur, c'est pour vous ?

– Absolument.

Il prit deux glaçons dans le verre attenant, écouta le bruit qu'ils firent en s'entrechoquant, un bruit qui parlait de romans noirs, de femmes fatales, de lunes dans le caniveau. Il était heureux, inexplicablement. La vie à Paris consiste à retrouver des gens pour boire un verre, aller dîner ailleurs, danser quelque part, rentrer au petit matin avec, peut-être, quelqu'un qu'on ne connaissait pas la veille, ou pas d'aussi près. À Paris on peut tomber amoureux tous les jours.

On peut aussi, tout simplement, croire que c'est possible. Que tout est possible. Parce qu'on est là, en terrasse, au centre du monde, en compagnie d'un verre de Nikka. Et qu'elle pourrait très bien arriver, avec dix minutes de retard, jamais plus, elle n'est pas ce genre-là.

« Elle ne se maquille jamais. Parfois elle met un soutien-gorge très cher, transparent, inutile, indispensable. » Il essaya de l'imaginer, vêtue de ce seul accessoire. Ah oui, d'accord. C'était quelque chose. Quelqu'un, un écrivain naturellement, encore un autre, l'avait donc tout simplement décrite comme « la plus belle femme de Saint-Germain ». Par Saint-Germain il fallait entendre la faune du Café de Flore, et tous ceux qui gravitaient autour dans l'espoir d'en faire partie. Mais aussi bien sûr, le quartier et son histoire. Boris Vian, les zazous, Sartre et Beauvoir, le bebop, *La Maman et la Putain*. Et Delphine.

La plus belle femme de Saint-Germain. C'était si banal. Qu'avait dit Proust ? « Laissons les jolies femmes aux hommes sans imagination. » Plus personne ne voulait de ce genre de personnage. Luc se tirait une balle dans le pied. Il eût au moins fallu qu'elle souffre, et que ce soit clair. Par exemple. Mais peut-être qu'il fallait être patient, que cela arrivait plus tard dans le texte.

– Le rôle de Delafeuille n'est pas clair, dit Delafeuille dans le téléphone. On doit saisir combien elle est contente de le voir, de s'épancher.

– Oui, OK, dit Luc.

– C'est son confident. Ce qui justifie le personnage.

– C'est juste.

Luc se montrait étonnamment docile, parfaitement réceptif aux remarques de l'éditeur. Dans les nouvelles versions, Delafeuille revenait plus souvent. Il revint, de fait. Au milieu de l'hiver, il revint à Farsac. Il remonta le quai désert jusqu'à la passerelle, accompagné d'une petite neige qui conférait à ce passage une certaine poésie, sans qu'il soit besoin d'en faire trop. De chaque côté de la passerelle, les voies jumelles disparaissaient dans les deux horizons, rectilignes comme dans un cartoon, ou dans un western des premiers temps du muet. Il n'y manquait que l'héroïne attachée sur les rails. Le silence et la neige ajoutaient à l'impression qu'on avait de se retrouver au bout du monde.

Luc l'attendait sur le parking, lui aussi l'air de sortir d'un film. Cela tenait à son allure sportive, et bien sûr au monstrueux pick-up auquel il était adossé. Delafeuille lui fit signe, ce qui était parfaitement inutile, il n'y avait personne d'autre en vue.

– Alors, comment était cette rentrée ?

Les plants de vigne, alignés comme les croix d'un cimetière militaire, couverts de givre, ressemblaient à un service en cristal.

– Janvier ? Désastreuse. Mais c'était prévu. C'est la prochaine qui nous intéresse.

Pablo les accueillit. Le beagle avait gardé l'habitude de sauter littéralement au cou des visiteurs, sans aucun égard pour leurs effets personnels. Puis il repartit la truffe au sol vers d'autres aventures.

– Ce chien t'aime, dit Luc.

– J'ai de la chance, grogna Delafeuille en époussetant sa parka, une Northface qu'il étrennait. Quatre cents euros, quand même. Pourquoi un beagle ? Il existait des tas de petits chiens de compagnie très gentils, des carlins, des choses comme ça.

Delphine l'accueillit avec sa gentillesse habituelle. Elle portait une longue robe en laine, zippée des genoux jusqu'au cou, qui moulait étroitement son corps mince, comme une seconde peau. Delafeuille se sentit fondre. Aussi parce qu'il faisait bon dans la maison.

– Vous avez fait bon voyage ?

– Excellent. On a dû s'arrêter en arrivant à Angoulême, il y avait, euh, des problèmes sur la voie… Mais j'avais de quoi lire, alors tout allait bien. C'est un des avantages de ce boulot. On a toujours quelque chose à lire.

– Bonjour monsieur Delafeuille, hurla Tommy depuis le premier étage.

Delafeuille sourit. C'était son grand moment.

– Ah, j'ai quelque chose pour lui.

Il lui sembla que Delphine le regardait soudain avec une intensité supérieure, comme une lampe halogène quand on pousse le variateur à fond.

– C'est si gentil à vous. Vous n'auriez pas dû.

Ses yeux verts irradiaient. Delafeuille souriait bêtement, mais il n'en avait pas conscience.

– C'est vrai, t'es con, dit Luc en posant la bouteille de Nikka sur la table. Tommy ! descends voir.

– Je suis occupé, hurla Tommy.

– Tu descends tout de suite, dit Luc, hurlant à son tour.

Un silence suivit. Les trois adultes attendaient, debout dans le salon, attentifs au moindre bruit en provenance de l'étage : les visiteurs d'une maison hantée. Vingt bonnes secondes passèrent, puis on entendit des pas dans l'escalier, lourds, réticents, vraisemblablement ceux d'un éléphant. Luc se détendit.

L'éléphant apparut, pâle et frêle et sérieux.

– J'ai dit bonjour, protesta-t-il.

– Je crois que monsieur Delafeuille a quelque chose pour toi, dit Delphine.

Tommy ne semblait pas convaincu, ni même intéressé.

Delafeuille chercha dans son sac, produisit les deux livres conseillés par Raoul. Il regretta de n'avoir pas pris le temps de les emballer. Tommy fit deux pas en avant, prit les livres avec précaution.

– Ouaaah. Celui-ci est collector.

– Et qu'est-ce qu'on dit ?

– Merci monsieur Delafeuille, dit Tommy sans un regard pour l'éditeur, et serrant ses trésors contre lui, il repartit dans l'escalier.

Luc prépara l'apéritif. C'était la première fois que Delafeuille le voyait faire quelque chose dans la maison. Delphine, à genoux devant la cheminée, disposait les bûches et le petit bois. Il était intéressant de la regarder faire, à genoux dans sa robe moulante. Delafeuille rougit, essaya de regarder le mur.

– Je sais ce que tu vas dire, dit Luc. Mais tu vois, je ne sais pas faire ça.

– C'est moi qui allume le feu, dit Delphine. Je connais la terre. Lui, c'est un pur esprit.

– On met des aiguilles de pin ? hurla Tommy depuis l'étage.

– Ah, il a raison, on va mettre des aiguilles de pin.

On mit des aiguilles de pin. Les flammes craquèrent gaiement, hautes, claires, ensorcelées. Delafeuille s'assit devant le feu, tendit les mains en souriant. Pablo posa sa truffe sur sa cuisse.

Il retrouva la chambre d'amis avec plaisir. L'espace, le silence, les draps en lin. La vue sur le parc, la lune immobile dans la piscine, les cyprès en sentinelles. Une fois de plus, il se demanda si lui aussi n'allait pas quitter Paris. Le Sud-Ouest, pourquoi pas. Les hautes vagues du cap, l'air iodé. Les petites huîtres, l'Espagne à deux heures de voiture. Il pourrait ainsi la voir souvent. Plus souvent, en tout cas. Il essaya de ne pas penser à ce qui se passait à l'autre bout du couloir. Il ne s'y passait rien, décida-t-il. Elle lisait Salter, ou Saroyan. Il feuilletait un stupide magazine de bagnoles. Tous deux avaient chaussé les lunettes dont ils avaient maintenant besoin pour lire. Ils avaient partagé un vieux pyjama blanc à rayures bleues : elle la veste, lui le pantalon.

– C'est Tommy qui tousse, dit-elle en levant les yeux de son livre.

– C’est pas Delafeuille ?

– C’est Tommy.

– Dix fois, je lui ai dit de mettre des chaussettes. Ce môme n’écoute rien.

– De qui peut-il bien tenir ça ?

– Tu es très fine, ce soir.

Elle posa son livre, écouta. Encore une quinte, lointaine, à peine audible. Elle bascula les pieds sur le côté.

– Je vais voir.

– Mets quelque chose sur le cul.

– Évidemment.

Delafeuille posa le manuscrit à côté de lui. Il imagina la haute silhouette dans la pénombre du couloir, les cheveux nimbés de lune, les pieds nus sur les tomettes.

Il tressaillit. La porte s’écartait lentement. Quelqu’un essayait de s’introduire dans la chambre. Il poussa un petit cri lorsque, trois secondes plus tard, le chat bondit sur la couette.

Delafeuille se renversa sur ses oreillers, porta machinalement la main à son cœur. Il espérait qu’on ne l’avait pas entendu crier, c’était un peu la honte. Le chat le regarda un moment avec ce qui ressemblait à de la commisération, puis chercha un coin qui lui convenait, pour finir par s’affaler tranquillement contre ses cuisses, et s’installer là pour la nuit, semblait-il.

– Tous ces animaux, pensa Delafeuille.

Il sourit en songeant à Tommy. Raoul avait bien travaillé.

Il regarda le plafond, bercé par le ronronnement du chat.

– Au fond, qu’est-ce que tu espères, mon gars ? Tu te fais du mal en venant ici.

– Ron ron, dit le chat.

Il s'éveilla en entendant du bruit dans la maison. Il s'habilla hâtivement, passa par la salle de bains vérifier qu'il avait figure humaine et descendit l'escalier en compagnie du chat. Comme les enfants, il avait hâte que la journée commence, une journée dont il attendait des miracles, sans trop savoir lesquels, mais avec confiance. Car elle était là. Elle était là.

Dans la cuisine Pablo et le chat étaient en grande conversation silencieuse, truffe contre truffe. Delphine vidait le lave-vaisselle, disposait des bols sur le bar, mettait du pain à griller, surveillait les œufs brouillés sur la gazinière, prenait le jus de fruit dans le frigo, virevoltait d'une tâche à l'autre comme un grand papillon blanc.

– Je vous ai réveillé, dit-elle d'un air désolé.

– Pas du tout, mentit Delafeuille en se frottant les mains. Bonjour.

– Bonjour. Je vous sers tout de suite.

Derrière les vitres un épais brouillard assiégeait la maison. Il semblait que l'humidité pénétrait dans la pièce, mais c'était une illusion. La maison était bien isolée. Le temps à la campagne modifiait la perception qu'on avait de la réalité. Ce n'était plus la même maison. C'était un abri, un havre. La nuit, la neige révélaient son âme.

– Ça va se lever, dit-elle. Il est encore tôt.

– Où est Luc ?

– Il dort à poings fermés. Ce sont de gros dormeurs, lui et Tommy.

À nouveau il se frotta les mains. De satisfaction cette fois. Il était seul, seul avec elle.

– Vous m'accompagnez ? Je dois promener Pablo.

– Avec plaisir. Mais est-ce que ce n'est pas un peu répétitif? Cette scène où nous conversons agréablement, dans un paysage bucolique ? On l'a déjà lue, non ?

Il fronça les sourcils. Qu'est-ce que je suis en train de raconter ? Je suis incohérent. Mais elle ne semblait pas avoir relevé.

– Vous savez, il faut promener le chien tous les jours. La vie peut être très quotidienne. Je comprends que vous soyez avide d'évènements, de *cliffhanger*... Mais c'est important, cette promenade. C'est sa grande joie. Et moi ça me fait du bien. Vous me raconterez la suite de votre carrière.

Quelques instants plus tard ils quittaient la maison silencieuse, au milieu des brumes matinales. On n'y voyait rien, ou presque rien. La forêt semblait se refermer derrière eux comme un piège. On était dans *Le Seigneur des anneaux*. Ou ce qu'il en imaginait, il n'avait pas lu Tolkien. Le brouillard, les arbres qui ressemblaient à des sorciers aux bras multiples. Delphine elle-même avait quelque chose de gothique, dans le long manteau noir qui lui prenait la taille et ses hautes bottes à lacets.

– Alors, après l'Afrique ?

Elle s'en souvenait donc. Il retrouva la pose docte qu'il prenait instinctivement lorsqu'il marchait à ses côtés, les mains dans le dos comme un professeur qui va et vient entre les pupitres. Cela évitait toute tentation de faire un geste vers elle, tentation à laquelle il ne se voyait pas céder, et qu'il était donc aussi simple d'éradiquer.

– Après, eh bien, j'ai été à la diffusion internationale. J'emmenais les auteurs au salon du livre de Beyrouth. C'était très agréable, on mangeait divinement bien. Puis j'ai eu tout le marché américain, ce qui représentait des chiffres dérisoires. Mais bon, New York, San Francisco, Las Vegas... Vous voyez ce que je veux dire...

– Je vois très bien. J'adore New York. Et Luc m'a fait découvrir la Californie.

– Vous avez beaucoup voyagé, semble-t-il.

– Oui... Et vous, alors, et ensuite ?

– Eh bien, après le 11 Septembre, prendre l'avion est devenu moins fun, disons. J'ai quitté Hachette. Après j'ai bossé chez Mirage. En 2008 j'ai décidé de voler de mes propres ailes. Monter une petite maison d'édition, puisque j'étais éditeur, finalement. Quand je suis allé trouver les banques avec mon projet, ils m'ont ri au nez.

– Ah. Pourquoi ?

– Ils prévoyaient la fin du papier, à deux ans si mes souvenirs sont exacts. Le vinyle avait disparu, à ce moment-là. Alors ils avaient des modèles. Ils modélisent tout. Donc le papier il y en avait pour deux ans, tout allait être numérisé. Ils avaient même prévu le cartable numérique, vous savez, *Les Fourberies de Scapin* sur tablette... Mais comme vous pouvez le constater...

– Oui, le cartable de Tommy pèse toujours aussi lourd.

– Et j'ai acheté le nouveau pressage d'*Abbey Road* pas plus tard que la semaine dernière.

– Ah. Vous aussi vous êtes un fan de jazz ?

– *Abbey Road* ? C'est un album des Beatles.

– Pardon. Je mélange tout.

– Vous savez, la pochette, c'est la fameuse photo où ils traversent la rue, McCartney est pieds nus.

– Ah oui, je vois.

– Peut-être leur meilleur album. Les avis sont partagés, bien sûr, comme toujours quand il s'agit des Beatles.

– Ne dites pas à Luc que j'ai dit… enfin, que j'ai confondu. Je prendrais une de ces trempes !

– Vous plaisantez, j'espère.

Elle ne lui donna pas d'indication à ce sujet, ni dans un sens ni dans un autre. Il risqua un regard vers elle. Une ébauche de sourire flottait sur ses lèvres, dont il était difficile de comprendre la signification. À nouveau, il fut assailli d'images érotiques, brutales, dont il ne savait que faire.

– Ah, la violence des hommes, prononça-t-il d'une voix altérée.

C'était une perche grossière. Il en avait conscience. Avait-il vraiment envie d'en savoir plus ? Elle s'arrêta au milieu du chemin. Le chien l'imita, et il en fit autant, sans réfléchir.

– Les hommes… Je ne crois pas beaucoup à cette entité. Comme si c'étaient tous les mêmes. Ce serait triste. Vous savez, je crois que nous avons tendance à prendre notre cas pour une généralité. Nous n'avons accès qu'à une infime partie de l'humanité, après tout. Bon, cela dit, tous les hommes que j'ai connus étaient incapables de mettre les verres dans le lave-vaisselle, ou de ramasser les chaussettes qui traînent. Vous croyez que j'ai manqué de chance ?

Est-ce qu'elle se moquait de lui ? Il n'arrivait pas à en être sûr. Elle semblait incapable de méchanceté. Il ne savait pas quoi répondre. En vieux célibataire, il mettait toujours ses verres dans le lave-vaisselle, et ramassait régulièrement les chaussettes qui traînaient. La femme de ménage ne passait qu'une fois par semaine.

– Pouvez-vous tenir Pablo, s'il vous plaît ?

– Tenir Pablo ? Tenir Pablo, oui, bien sûr.

Il prit la laisse qu'elle lui tendait. Il fut surpris par la force de l'animal, qui tirait sur la laisse avec enthousiasme, manquant le faire trébucher à chaque pas. Ce rase-mottes aux oreilles molles avait tout du taureau furieux. Comment diable s'y prenait-elle pour *tenir Pablo* ? Tout en gardant cet élégant port de tête et cette douce élocution. C'était de la sorcellerie.

Soudain elle tourna la tête, appela d'une voix sonore :

– Carottes !

Arc-bouté sur la laisse, Delafeuille se retourna. Derrière la clôture qui bordait le chemin, il distingua un mouvement informe dans le brouillard. Des ombres, des masses. Des créatures fantastiques, tout droit sorties des crétineries que Raoul ingurgitait derrière son comptoir, et qui s'approchèrent en silence, dans un lent balancement qui lui parut familier.

Des chevaux. Non. Un cheval et un âne.

Ils passèrent la tête au-dessus de la clôture, tendirent le cou. Elle posa la main sur eux, avec tendresse. Sortit de la poche de son manteau un petit sac plastique. Il la regarda les nourrir de carottes et de quartiers de pommes.

Elle était vraiment leur mère à tous. C'était paradoxal. Elle ressemblait à un dessin de Kiraz. Pas à une madone à l'enfant.

Le chien l'emporta loin d'elle.

– Je trouve curieuse, fit remarquer Delafeuille, cette façon de parler de toi à la troisième personne. C'est un peu artificiel, non ? Après tout, il s'agit de ton histoire.

– Oui, je vois ce que tu veux dire.

– Tu me connais, je ne suis pas du genre interventionniste. Mais là, pour le coup, il me semble que tu devrais essayer de voir ce que ça donne, à la première personne. Je trouverais ça plus cohérent.

Je remplis à nouveau son verre. Il était visiblement bourré, mais ce qu'il disait ne manquait pas d'un certain bon sens. Je devais le reconnaître.

– Tu as peut-être raison, Delafeuille, dis-je en me servant à mon tour. Après tout, il s'agit d'un récit intime.

– Absolument. Comme je te disais, tu n'es déjà pas très doué pour… je veux dire, l'expression des sentiments, euh, des sentiments les plus subtils, ce qu'on peut éprouver pour une femme avec qui on partage…

– Comment ça, je ne suis pas doué ?

– C'est-à-dire… Comment expliquer ça ? Je ne remets pas en

cause ta façon d'écrire, même si c'est un peu à l'emporte-pièce, tu as de bons moments… C'est plutôt que… J'ai l'impression que tu n'as plus les codes.

– Les codes ? Quels codes ?

– On ne peut plus parler des femmes comme on le faisait avant. Tu es quand même dans la caricature.

– Caricature ? Mais enfin, c'est une fille. Comment dire ? C'est ce genre de fille.

– Justement. Tu…

– Tu veux un exemple ? Elle s'excuse quand elle pète. C'est arrivé une fois en dix ans. Quelque chose de ténu, *sotto voce*, je pourrais presque dire d'élégant. Elle est partie en courant se cacher dans la chambre. Je l'entends encore dire : « Tu vas me répudier. » C'était en 2015.

Pour une raison ou pour une autre, Delafeuille était en train de virer au mauve.

– Mais…

– Elle ne sait pas où sont ses clés, par exemple. Jamais. Ni ses lunettes. Ni son téléphone. Si on veut retrouver ce putain de téléphone, je dois l'appeler, il n'y a pas d'autre moyen. Alors j'appelle, et les coins les plus improbables de la maison se mettent à sonner. La salle de bains évidemment. Quand ce n'est pas le fin fond du jardin. Et naturellement, elle n'a aucun sens de l'orientation.

– Mais cela n'a rien de spécifiquement féminin.

– Mais si. J'essaie de dire qu'elle n'est pas meilleure que les autres femmes, pour plein de choses. C'est ce qui la rend merveilleuse.

– Mais tu ne peux pas dire ça.

– Comment ça ? Mais si.

– Mais pas dans le livre de la rentrée. Tu peux être beauf et masculiniste tant que tu veux, mais pas là. Fais comme les autres, fais croire que t'es progressiste, que tu votes à gauche.

– Mais je ne suis pas… Qu'est-ce que tu racontes ?

– Il faut que tu fasses un portrait d'elle en guerrière. En guerrière, tu comprends ? Tu ne peux pas la réduire à la maternité. Ou à cette caricature de geisha. Ni dire qu'elle est tout ça à la fois, c'est trop facile. C'est toi que ça arrange.

– Mais en même temps, elle est tout ça à la fois, non ?

– Mais même si c'est vrai, tu ne peux plus le dire. Bordel, il y a trop longtemps que tu as quitté Paris.

– Quel rapport ?

– Et même si on oublie ce que les médias vont raconter, ce sont les femmes qui lisent. Tu crois vraiment qu'elles vont nourrir, ne serait-ce qu'un début d'empathie pour ta femme, présentée comme ça, une sorte de fantasme à pattes pour adolescent prépubère ?

Delphine passait à ce moment-là. Il se tut. C'était préférable. Fantasme à pattes. J'aurais tout entendu. Elle nous sourit au passage, comme elle faisait toujours. Elle a vraiment un très beau sourire. Un sourire, comment dire… qu'on ne peut pas plus ignorer qu'une main posée sur sa bite. C'est très agréable, je trouve. Il y a tellement de femmes qui font la gueule.

Évidemment, il y a dans ce sourire réflexe une manière de pare-feu, quelque chose qui vise à désamorcer les conflits avant même leur apparition. Je ne suis pas dupe de cet angélisme. C'est une manière de me manipuler, tout en me maintenant dans l'illusion que je contrôle la situation. Très fort. Je sais très bien à qui j'ai affaire.

– Tout va bien, les hommes ? Vous n'avez besoin de rien ?

Elle retira ses gants de jardin, avec ses manières de strip-teaseuse. Ça m'excite un peu, quand elle fait ça. Je vis que Delafeuille non plus n'était pas insensible à son manège. Il faut dire qu'elle a de très jolies mains.

– Je crois que j'ai sauvé les renoncules.

– Je suis soulagé, dis-je.

Elle haussa les épaules, sans cesser de sourire.

– Si je n'étais pas là pour m'occuper du jardin, Monsieur le Génie du Verbe, ce serait la jungle, ici.

– C'est vrai que je ne t'ai pas encore vu faire grand-chose dans cette maison, glissa Delafeuille.

– Bon, eh bien je vais me coucher. Bonne nuit, monsieur Delafeuille. À tout à l'heure, chéri.

Elle entra dans la maison, suivie de Pablo, qui espérait sans doute une dernière douceur. On entendit le bruit de ses pattes sur les dalles de la cuisine, puis plus rien. Le silence nous enveloppa. Un silence d'autrefois, presque total, un silence à l'intérieur duquel on pouvait guetter la présence de Dieu, ou son absence, ce qui revenait au même (je notai aussitôt cette formule absconse sur le carnet Clairefontaine qui traînait sur la table, pour m'en servir plus tard). Delafeuille qui avait plongé le nez dans son verre releva brusquement la tête. Il avait les yeux fixes.

– On n'entend rien, dit-il.

– Oui. Le vent a tourné. Sinon on entend vaguement l'autoroute. C'est très lointain, mais on l'entend quand même un peu.

– Tu as des acouphènes, toi ?

– Qui n'en a pas ?

– À notre âge, tu veux dire ?

– Oui, à notre âge, bien sûr.

– C'est chiant, les acouphènes.

– C'est une question de culture. Dans certaines civilisations, on estime que c'est Dieu qui te parle. C'est un signe très positif.

– Oui eh bien, pas dans ma civilisation à moi.

La lune était presque pleine, et basse sur l'horizon. On pouvait la voir à travers le feuillage. Elle était énorme. La lune changeait tout le temps de taille, un peu comme une bite, j'avais remarqué ça. Pourtant c'était un symbole féminin, depuis le commencement des temps. Je vidai mon verre. Peut-être bien que moi aussi, j'étais un peu bourré.

– Bon, Delafeuille, je vais me coucher.

– Oui, OK. Tu veux que je ferme ?

– Juste la lumière. Il n'y a pas de serial killer dans le coin.

– C'est bien, cette histoire de première personne. Je te sens plus à l'aise là-dedans.

– À demain.

Delphine ne dort pas. Elle a relevé les oreillers contre la tête de lit et regarde Dieu sait quoi sur son smartphone. Je constate qu'elle a enfilé sa petite nuisette léopard, ce qui est plutôt bon signe. Ça veut dire qu'elle est bien disposée. C'est ces nouvelles hormones qu'elle prend. On dirait que ça fonctionne bien.

Je referme la porte de la chambre, donne un tour de clé. Quand je m'approche elle a la décence de poser le téléphone sur la couette à côté d'elle.

– T'étais avec qui ? je demande.

– Personne. Zara home.

– Tu parles.

– Ne fais pas semblant d'être jaloux. Ça ne te va pas du tout.

Je m'assois à son chevet, plonge la main dans ses cheveux. Je me demande toujours comment elle fait pour supporter tout ce poids sur sa tête.

– Tu es bien sexy, ce soir.

– Tu trouves ?

Oui je trouve. C'est étonnant, d'ailleurs. Il y a un moment que je suis avec elle, si je réfléchis bien. J'ai l'habitude qu'elle soit là, quelque part dans le paysage. J'en ai tellement l'habitude que je ne sais pas à quoi ressemble le monde sans elle. C'est là-dessus que j'avais envie d'écrire. Une présence familière, au point qu'elle devient un paramètre du réel. Et l'inévitable érosion qui en découle. Comment les choses évoluent avec le temps, tout ça. Je voulais vraiment raconter ça. Mais il y a toujours un moment où elle m'excite.

– Viens là.

Je l'attrape par les seins. Elle se permet une petite grimace, comme si ce n'était pas exactement ce qu'elle attendait. Je la connais bien. Pour m'encourager elle noue les bras derrière son dos. Je passe les mains sous les petites bretelles et au prix de deux ou trois contorsions, elle m'aide à lui mettre les seins à l'air.

– Brute !

J'ai peut-être tiré un peu fort. J'ai toujours envie de les lui arracher, c'est plus fort que moi. Ils sont si jolis.

– Où sont les menottes ?

– Premier tiroir, mon chéri.

Elle garde ses mains nouées dans le dos, comme si elle était déjà attachée. C'est bien, c'est comme ça qu'elle doit faire. Des fois elle oublie, et ça m'énerve.

Je fouille dans le tiroir, qui contient tout un bric-à-brac indescriptible dont l'utilité n'a rien d'évident, pour moi en tout cas. Quel foutoir. On dirait l'intérieur d'un sac à main.

Je trouve les menottes. À cet instant précis mon portable vibre dans la poche de mon jean. C'est curieux comme il y a toujours quelqu'un pour vous communiquer quelque chose d'important dans ces moments-là. Sans doute Orange qui me propose un nouvel abonnement, ou quelque chose d'aussi urgent.

Je la fais mettre à genoux pour lui passer les menottes. Elle résiste un peu, juste ce qu'il faut. Je ne sais pas si c'est parce qu'elle change d'idée au dernier moment, ou si c'est pour me faire plaisir. Il n'y a pas moyen de savoir. C'est une femme.

Je grimpe sur le lit pour m'installer en face d'elle, à la bonne hauteur. En même temps je la dirige en la tirant par les cheveux, ça je sais qu'elle aime bien.

– Aïe. Doucement, sauvage.

– Salope. Viens ici.

Je l'installe face à la glace. Elle se contemple avec une certaine satisfaction. Je crois qu'elle se plaît. C'est troublant, c'est presque un regard d'homme. De mon côté, il me faut un certain temps pour défaire ma braguette. C'est une braguette à boutons, d'une seule main ce n'est pas si facile.

Mon portable vibre à nouveau dans ma poche. Donc ce n'est pas Orange. C'est un autre emmerdeur. Quelqu'un qui insiste, qui n'a pas compris que j'étais occupé.

Le dernier bouton, ça y est. Je la retiens un moment par sa crinière, histoire de la faire un peu languir. Elle lève sur moi un regard gentiment interrogateur. J'aime bien ce regard, j'ai l'impression qu'on vient de se rencontrer.

Delafeuille a raison, elle ne fait pas son âge.

Bon, là elle m'excite trop. Je lui relève la tête en tirant doucement. Doucement, juste pour qu'elle comprenne.

– Ça suffit. Mets-toi à quatre pattes.

– Oui mon chéri. Comment je fais, avec les menottes ?

– Tu as très bien compris.

Elle s'exécute docilement. Pose sa tête dans les oreillers, creuse les reins. Elle sait ce qui l'attend. Je prends un moment pour la contempler de ce côté-là. J'ai quand même de la chance, je suis bien obligé de le reconnaître.

– Où est le plug ?

– Premier tiroir, mon chéri.

Je retourne dans le tiroir, trouve le plug. Il est vrai, on ne peut pas le rater. À ce moment-là mon portable vibre à nouveau, bas contre ma cuisse, là où j'ai à moitié descendu mon jean. Décidément. Qui peut bien m'écrire à cette heure de la nuit ?

– Tu ne veux pas regarder qui c'est ?

– Bouge pas, surtout.

– Non mon chéri.

Je prends mes lunettes sur la table de nuit, mes lunettes pour lire. C'est un message de Delafeuille. Trois messages de Delafeuille. Voyons…

Aujourd'hui 23:22 « Tu ne peux pas dire ça. »

Aujourd'hui 23:27 « Tu ne peux pas faire ça. »

Aujourd'hui 23:36 « Laisse tomber la première personne. Merci. »

Delafeuille se leva tard. Il avait passé la nuit à lire et relire le passage de cul, passablement excité et dégoûté de lui-même. Est-ce que c'était du cul féministe ? Pas sûr. On pouvait même être sûr du contraire. En même temps, c'était quoi au juste, du cul féministe ? Eugénie avait lâché ça au passage comme si c'était une évidence, et il s'était bien gardé d'étaler son ignorance en la matière. Il était payé, entre autres choses, pour comprendre la tendance et savoir ce qui pouvait marcher.

Quand il arriva dans la cuisine, il trouva Luc en tenue de sport, en train de chausser des sneakers. Il avait l'air jeune, en pleine forme. Visiblement, lui avait très bien dormi. Rien d'étonnant.

– Salut Delafeuille. On va courir, aujourd'hui.

Épuisé, l'éditeur se laissa tomber sur une chaise. Il n'était pas sûr d'avoir bien entendu.

– Courir ?

– Le running. Tu as entendu parler ?

– Tu fais du running, toi, maintenant ?

– Oui. Et tu viens avec moi.

Delafeuille le regarda avec inquiétude. Il avait l'air sérieux.

– Tu plaisantes, je suppose ?

– Tu sais ce que dit Murakami. Dans *Autoportrait de l'auteur en coureur de fond*. Tu l'as lu ?

– Oui. Non. Me souviens plus.

– Il dit que si tu ne cours pas, tu ne peux pas écrire un bon roman. Un truc dans le genre. Et je suis qui, pour contester ce que dit Murakami ?

– Mais, euh, c'est toi l'auteur. Pourquoi moi je ferais du running ?

– Allez, quoi. On causera du livre en courant.

Delafeuille chercha du secours autour de lui. Delphine n'était nulle part en vue. Pablo dormait sur un fauteuil.

– Mais j'ai pas de chaussures.

– Je vais te filer mes vieilles Asics. Maintenant je porte des Brooks. J'ai franchi un pas important.

– On n'a vraiment pas les mêmes problèmes.

Ils prirent par la route, en direction du village. Delafeuille eut immédiatement mal partout. Il se demanda quelle puissance occulte était à l'œuvre. Quel profil psychologique abîmé fallait-il avoir pour se laisser entraîner dans des situations douloureuses qui ne vous apportaient rien ? Puis il cessa de penser. Rester à la hauteur de Luc requérait toutes ses forces.

– Bon, alors ? Comment tu trouves jusqu'ici ? Je sens à ton air crispé que tu as des remarques.

– C'est-à-dire…

– Des remarques de fond, je le sens.

L'éditeur sentit ses poumons sur le point d'exploser. Courir, il détestait ça. Parler en courant, il ne voyait pas comment c'était Dieu possible. Comment on pouvait même en avoir l'idée. C'était une contradiction dans les termes, quelque chose qui vous faisait détester la vie immédiatement.

– La description du couple… ahana-t-il avec difficulté. Je la trouve… improbable… inactuelle… La parité…

– Ah, il n'y a aucune parité entre nous. En admettant que je comprenne ce que le mot veut dire. Enfin, tu l'as vue, c'est une machine à laver.

Luc articulait avec aisance, aussi naturellement que s'il était assis dans un fauteuil.

– Une… quoi ?

– Une machine à laver. Tout est toujours nickel dans cette maison. Je n'y peux rien. Tu me connais, je suis plutôt le bon gars. Des fois, je me dis qu'il faudrait que je lui file un coup de main. Mais je ne suis pas assez rapide.

– Ra… pide ? haleta Delafeuille.

– Le temps que je me déplace jusqu'au tas de linge, elle a déjà replié la planche à repasser et les chemises sont empilées dans l'armoire, alignées comme la garde d'honneur devant le monument aux morts. Et quand je me retourne pour lui demander si je peux l'aider à préparer quelque chose, la table est dressée avec élégance, il y a des fleurs fraîches dans le grand vase sur le bar, et elle est déjà en train de servir le dîner.

Delafeuille cherchait désespérément de l'air, incapable de répondre. Il se demanda si cette histoire de running n'était pas tout simplement un truc grossier pour le réduire au silence. Il n'y avait d'ailleurs rien à répondre. Il ne pouvait qu'imaginer avec horreur l'accueil qui serait réservé, en cette époque moderne, à un livre qui décrivait son héroïne comme une « machine à laver » sans même l'ombre d'une critique sous-jacente. On sentait au contraire que Luc décrivait cet aspect du personnage avec une certaine fierté.

– Mais vous… gggh… n'avez jamais pensé… (Delafeuille, les yeux hors de la tête, crachait les mots un par un, comme un agonisant) prendre femme… de ménage ?

– Tu rigoles ? On en a eu douze. À Paris, on bossait tous les deux dix heures par jour. La maison ne désemplissait pas d'auxiliaires diverses. Les nounous, les femmes de ménage. Toujours des nanas, toi qui es si à cheval sur la parité.

Penser à biffer cette dernière remarque, se dit Delafeuille. Il espéra qu'il s'en souviendrait.

– Arrivés ici, Delphine a dit qu'elle s'occuperait de la maison. Et de Tommy bien sûr. De Tommy, surtout. D'ailleurs c'était un peu le but. Donc oui, la maison, elle sait faire. Elle aime ça, en plus. Enfin, je suppose.

C'en était trop. À bout de souffle, Delafeuille s'arrêta sous un gros arbre. Il se jura de ne plus jamais lire Murakami. Ou Luc.

Luc fit presque cent mètres avant de s'apercevoir que l'éditeur ne suivait plus. Il revint sur ses pas en petites foulées. Courbé en deux, les poumons en feu, Delafeuille se regardait baver sur le sol moussu. Le temps que Luc revienne à ses côtés, il n'avait toujours pas repris sa respiration.

– T'es sérieux ? demanda Luc en trottinant sur place. On n'a pas fait deux kilomètres.

– Je vais… mourir…

– Mais non. Redresse-toi. Fais quelques pas.

– Peux pas.

– Mais si. Ça te fera plus de bien que de rester là à te flinguer le dos.

– Vais mourir.

– Mais non.

Luc renonça à courir sur place et aida Delafeuille à se redresser. Ils firent quelques mètres en marchant. Au bout d'un moment l'éditeur dut admettre qu'il se sentait mieux. Il se dit que, peut-être, il n'allait pas mourir. Il entendait à nouveau le chant des oiseaux.

– Bon, on y retourne ?

– Si tu veux que… je te publie un jour, je ne suis pas sûr que ce soit… une bonne idée.

– Oh là là, je ne pensais pas que c'était à ce point. Remarque, quand je suis arrivé de Paris, je n'étais pas loin d'être dans le même état. C'est le tertiaire. Ça nous tue.

Delafeuille s'assit sur une antique borne kilométrique qui émergeait des hautes herbes. Luc tira son paquet de la poche de son jogging, et sous les yeux égarés de l'éditeur alluma tranquillement une cigarette, sans paraître se soucier de ce que le geste avait de particulièrement absurde, en la circonstance. Delafeuille ne fit pas de commentaire. Il avait du mal à parler.

– Bon, j'ai intérêt à ce que tu restes en vie. On va marcher jusqu'à Farsac, je t'offre une bière.

Ils prirent place à la terrasse du bar local. Il faisait doux, le ciel était clair. Presque une journée de printemps. Le réchauffement climatique avait du bon. Delafeuille sirotait sa bière avec reconnaissance. On était bien, là. On était mieux. On était assis. De l'autre côté de la rue un parc minuscule, aux pelouses presque fluorescentes, entretenues avec soin, entourait le monument aux morts. Plus loin le parvis d'une petite église romane s'ouvrait sous des arbres centenaires. Le village était calme comme un aquarium.

Quelques minutes passèrent dans un silence presque total, comme dans un rêve. Luc regarda un chat solitaire traverser le parvis.

– Parfois elle vient jusqu'ici pour prier. Je suis incapable d'en parler, ça me dépasse.

– Nous nous contenterons donc de cette remarque en passant. Tu sais pourquoi elle prie ?

– Pour ses enfants, je crois.

Encore une facette du personnage qui détonnait dans la figure d'ensemble. Delafeuille avait beau savoir que plus personne ou presque, dans la chaîne du livre, ne prenait le temps de lire les textes, on ne pouvait pas être absolument à l'abri de quelqu'un qui feuillette, tombe sur tel ou tel passage et en déduise des choses. Il était important de réduire les risques.

– Bon, laissons ça de côté pour l'instant. Il faudrait que tu développes des points de vue sur le monde contemporain, comme quoi tu as compris ton époque.

– Ah bon… (Luc se renversa sur sa chaise, regarda le ciel.) Mais je n'ai pas compris mon époque.

– Écoute, ne le fais pas exprès.

– D'ailleurs, ce n'est pas mon époque.

– Mais si.

– Mais non. Je suis un homme du vingtième siècle, comme tu sais. J'oublie mon téléphone dans un tiroir, la plupart du temps.

– Oui, enfin, ce n'est même pas le plus gros problème.

– C'est quoi, le plus gros problème ?

– Le plus gros problème… Je ne suis pas sûr que tu sois très doué pour parler des femmes…

– Delphine n'est pas les femmes. D'ailleurs, aucune femme n'est les femmes.

Delafeuille comprit que le livre de la rentrée, contemporain, stimulant, progressiste, ce n'était pas gagné. Et cependant, il devait l'admettre. Lui aussi aimait Delphine telle qu'elle était, pas telle qu'elle devait être.

– Et puis, je ne sais pas. Cette conception de la sexualité, c'est… je n'ai même pas de mots pour ça, tiens. Comment tu peux même avoir envie de lui faire des choses comme ça ?

– Des choses comment ?

– De… Tu sais très bien.

– Tu es vraiment neuneu, Delafeuille. Quand tu es vraiment dingue d'une femme, t'as quand même envie de lui faire les pires choses, non ?

– Mais pas du tout. Tu es très malade !

– L'ennui, c'est que, quand tu es amoureux, tu éprouves des sentiments presque religieux. Tu es habité d'une sorte de respect qui te tétanise, tu vois ce que je veux dire ?

Delafeuille rosit légèrement dans le soleil rasant. Il se dissimula derrière son verre.

– Oui. Je vois.

– Donc, dès le début, il y a un problème. Avec le temps, qu'est-ce qui se passe ? Tu finis par avoir une vraie tendresse pour elle. Et donc ça devient compliqué de la baiser violemment. Les premières années, je la démontais comme un Solex. Aujourd'hui, c'est vrai, c'est plus compliqué.

Delafeuille secoua la tête, chassant les images terribles qui décidément, ne voulaient pas le laisser en paix.

– Écoute… Aujourd'hui le monde appartient aux femmes, en tout cas le monde de l'édition et des médias.

– Et donc ?

– Et donc… tu n'as aucune légitimité pour parler des femmes. D'abord tu n'en es pas une.

– Et donc ?

– Et donc, c'est comme ça.

Luc s'étira, visiblement heureux de vivre.

– Tu te fais du souci pour rien, dit-il en souriant. Il y a deux bouddhas dans cette maison, un petit sur la bibliothèque, à l'étage, tu as dû le voir. Et un autre, caché dans le jardin, je ne sais plus où il se trouve exactement. Bouddha veille sur cette entreprise. Ce livre va faire un carton.

Delphine et Tommy étaient installés à la grande table de la pièce principale. À leur entrée ils levèrent sur eux ce qu'il est convenu d'appeler des têtes d'enterrement.

– Et alors, les gars ? Qu'est-ce qui se passe ?

– On révise les maths, soupira Delphine.

– J'ai une interro demain.

– Tu ne veux pas nous aider ? On n'y comprend rien.

Luc se pencha sur eux, posant une main sur l'épaule de sa femme, une autre sur l'épaule de son fils, et un œil attentif sur le grand cahier ouvert sur la table. Delafeuille, occupé à se déchausser dans l'entrée, fut surpris du tableau qui s'offrait à lui. Il n'avait jamais vu Luc dans ce rôle.

– J'y comprends rien, dit Tommy.

– Les puissances de 10. C'est pourtant facile, les puissances de 10.

– Ça ne va pas l'encourager, ce genre de remarque, glissa Delphine sur un ton de reproche.

– Oui, pardon, dit Luc. Ce n'est pas ce que je voulais dire.

Delafeuille le regarda, fasciné, prendre une chaise et s'asseoir à côté d'eux. Soudain c'était quelqu'un d'autre. Il parlait doucement, lentement, ne donnait plus l'impression d'avoir autre chose à faire ailleurs. Il semblait qu'il pût rester là indéfiniment, à expliquer et expliquer encore.

– 10 puissance 4, tu ajoutes 4 zéros, ou tu pousses la virgule de 4 rangs vers la droite. 10 puissance moins 4 tu pousses la virgule de 4 rangs vers la gauche. Regarde, si je te dis par exemple…

Delphine s'était levée sur la pointe des pieds, et avait disparu dans la cuisine. Delafeuille l'y retrouva, en train d'éplucher des pommes de terre pour le dîner. D'un seul coup, tout était différent. Oui, cette amazone aux longues cuisses épluchait des patates et les posait l'une après l'autre dans un grand fait-tout au fond ajouré. La vitesse avec laquelle elle maniait l'économe était sidérante.

– J'ai fait du pot-au-feu, j'espère que vous aimez ça. On va ouvrir un Domaine de la Solitude.

– Je peux vous aider à quelque chose ?

– Pas du tout. Je rajoute les pommes de terre et c'est fini, on pourra prendre l'apéro.

Il prolongea son séjour, presque sans s'en rendre compte. Il se sentait bien avec eux. Auprès d'elle.

Le soir ils allumaient le feu dans la cheminée. Pablo posait sa truffe sur la cuisse de Delafeuille, espérant qu'il partagerait avec lui la part solide de son apéritif, crackers et autres. Pablo aussi faisait partie de la famille. Car c'était une vraie famille, contre toute attente. Luc s'installait parfois au piano, et il fallait bien constater à nouveau qu'il savait tout faire, jouer Satie, Bach, Coltrane avec la même facilité.

Tous les jours qui suivirent, l'éditeur s'aventura à aider Delphine à la cuisine, et elle le lui permit, c'est du moins ainsi qu'il le reçut, avec une sorte de gratitude absurde. Tout ici était si concret. On était loin du monde des idées, des idées sur les femmes, ou sur les hommes, il devait en convenir.

Le soir, le chat passait par la cuisine avant de partir chasser. Elle s'interrompait alors dans les tâches culinaires auxquelles elle se consacrait avec son mélange habituel d'efficacité et d'aisance, soulevait le petit félin par le cou et le serrait contre elle. Puis elle ouvrait la fenêtre au-dessus de l'évier et le laissait partir dans le crépuscule. Il assistait à cette suite de rituels avec un étonnement constant.

Presque à la même heure, Luc quittait son cabanon et les rejoignait dans la cuisine. Puis, comme si cela avait été décidé une fois pour toutes, il les laissait s'occuper du dîner et allait s'installer au piano.

– J'aime l'entendre jouer, confia Delphine un soir. Il ne jouait plus, ces derniers temps. C'est depuis qu'il s'est remis à écrire. Je crois que votre projet lui fait du bien. Vous savez, c'est moi qui n'en pouvais plus de Paris. C'est moi qui voulais partir.

– Oui, je l'ai lu. Je veux dire, je suis au courant.

Luc enchaînait ses morceaux favoris. *Misty.* Le choral 147. La première gymnopédie, la deuxième arabesque. *Stella by Starlight. The Hours.*

Ils se retrouvèrent devant un verre. Delphine avait comme toujours préparé l'apéritif, et s'était éclipsée, pour reparaître comme par magie, lorsque l'on avait besoin d'elle.

– Bon alors ? Comment tu trouves la suite ?

– Je ne sais pas. Faut voir.

– J'ai bien écouté ce que tu m'as dit. J'essaie de présenter l'auteur sous un jour inattendu. Un côté attentionné, sensible, cultivé…

– Oui, enfin, quand je lis ça, je ne sais pas, je m'en fous un peu, c'est Delphine qui m'inté… qui intéresse le lecteur.

– Ah bon, tu crois ?

– Évidemment.

Le dernier jour, quelque chose lui serra le cœur. Il comprit que la vie allait continuer ici, sans lui. Après la balade, Pablo s'était couché à sa place habituelle, lové sur lui-même entre les coussins verticaux du fauteuil Le Corbusier, un peu comme un gros chat. Une grande douceur émanait de ses oreilles molles, au repos, qui encadraient sa truffe et ses yeux clos. Il ne faisait pas un bruit, pas même en respirant.

– Il n'aboie jamais, ce chien ?

– Jamais, dit Delphine en riant. Je ne sais pas si c'est normal. C'est notre premier chien.

Il monta faire sa valise. Tommy était debout sur le seuil de sa chambre, et semblait l'attendre. Il avait toujours cet air sérieux, presque tragique, qui contrastait si étrangement avec la physionomie accueillante de sa mère.

– Monsieur Delafeuille.

– Oui, Tommy ?

– J'adore ce livre.

L'enfant leva le bras, montra l'un des deux romans *Star Wars* qu'il tenait ouvert dans sa main minuscule. Et sans attendre de réponse, il rentra dans sa chambre, ferma la porte derrière lui. Delafeuille demeura debout au milieu du couloir, interdit. Il était assailli de sentiments dont il ne savait pas quoi faire. Il sentait qu'il ne contrôlait rien. Ce n'était pas désagréable. Juste déroutant.

Dans l'après-midi Luc décida qu'il n'arriverait à rien aujourd'hui. Il proposa à Delafeuille une « petite balade tranquille en VTT » mais celui-ci déclina poliment. Luc haussa les épaules, enfourcha un des vélos alignés derrière les voitures et descendit l'allée en dérapages contrôlés. L'éditeur se félicita d'avoir su, pour une fois, se positionner. Il n'avait aucune envie de se retrouver couvert de boue, perdu au fond des bois, juste pour le plaisir d'ajouter une petite scène divertissante à ce deuxième séjour. Il trouvait le personnage suffisamment chargé. Armé de son stylo rouge, il avait d'ailleurs supprimé nombre de passages qu'il jugeait inutiles, et pour le dire simplement, pas très flatteurs pour lui.

Le soleil donnait à nouveau, invitant à rester dehors. Delphine vaquait à ses diverses occupations, comme toujours. C'était une forme d'hyperactivité douce et silencieuse, qu'on remarquait à peine, si ce n'est que le décor se modifiait sans cesse autour de vous. Il en avait déjà été question, et Delafeuille le remarquait, à présent. Les fleurs fraîches sur le bar, le linge étendu sur la corde au fond du jardin, les pièces du bas à nouveau en ordre clinique, et le thé servi sur la terrasse, pour son seul bénéfice. Quand il la chercha du regard pour la remercier, elle avait disparu. Pour reparaître bientôt, sertie dans ce qu'il prit d'abord pour une tenue SM, et qui s'avéra être une simple combinaison de nage.

– Par cette température ? interrogea-t-il.

– J'ai pris deux kilos, dit-elle. Pas le choix.

Assis sur la terrasse avec le thé brûlant qu'elle lui avait aimablement préparé, il la regarda descendre dans la piscine, béat d'admiration.

L'eau est visiblement son élément naturel. Sa nage est puissante, longue, olympique. Encore une facette qu'il ne soupçonnait pas. Dans l'eau, elle devient quelqu'un d'autre, un corps dur, acéré, métallique, mécanique. Pas même une autre femme, plutôt une torpille.

Profitant de ce qu'elle ne pouvait pas l'entendre, il se laissa aller à prononcer son prénom à haute voix.

Il fut autorisé à visiter le cabanon. Sans surprise, la petite pièce était encombrée de livres. On y trouvait entre autres les titres de Luc, ce qui expliquait leur absence dans l'habitation principale. Un katana était accroché au-dessus des étagères, rappelant la fascination de l'auteur pour les arts martiaux, qu'il avait tous plus ou moins pratiqués. Delafeuille croyait se rappeler qu'il était deuxième *dan* de quelque chose, même s'il ne savait plus de quoi au juste.

Au mur il vit aussi ce portrait d'elle, signé Jonvelle. Les cheveux mouillés, la chemise ouverte sur la naissance des seins. Elle avait donc été mannequin. Ou pas. En tout cas Jonvelle lui avait tiré le portrait. Plus tard dans la soirée, il s'aventura à lui en parler. Elle ouvrit de grands yeux étonnés.

– Alors on l'a toujours ? Je me demandais où il était passé.

– Eh bien, voilà, il est dans le cabanon.

– S'il vous plaît, ne me dites pas que je n'ai pas changé. Je ne pourrais plus vous croire pour rien.

– Eh bien, euh… Naturellement, vous… euh… vous êtes très jeune sur cette photo.

– Vous savez, monsieur Delafeuille, on ne sait pas qu'on est vieux. On ne sait pas quand cette chose-là arrive. Ce sont les autres qui vous le disent. Leur regard. Ou le fait qu'ils ne vous regardent plus.

– Vous plaisantez, dit Delafeuille, qui avait du mal à *ne pas* la regarder tout le temps.

– Quand j'étais jeune, je croyais sincèrement que cela faisait partie de moi. La jeunesse. Mais ce n'était qu'une circonstance. Comme l'étaient ma fertilité, la fermeté de mon petit postérieur.

– Euh… Oui, évidemment. Nous devons dire adieu à certaines choses. Mais vous avez raison (il se permit un petit rire poli), j'ai moi-même du mal à me souvenir de, eh bien, de l'âge que j'ai.

– La ménopause maintient les femmes dans le réel, je suppose. Est-ce que j'ai dit les femmes ? Je n'aime pas dire ce genre de choses. Mais j'ai le droit de dire des banalités, non ?

– Vous avez tous les droits, marmonna Delafeuille.

Il comprit la haine possible. Il devait être insupportable de l'entendre, elle, relativiser ainsi, se définir comme âgée, flétrie, alors qu'elle semblait avoir dix ans, vingt ans de moins que son âge biologique. Le potentiel supposé d'une femme est tragiquement lié à son apparence physique, qu'est-ce qui pourrait bien changer ça ? Était-ce un absolu ? Pouvait-on même encore penser en ces termes ?

On en était arrivé là. Il était devenu dangereux de penser quelque chose, peu importe quoi. Ce n'était peut-être pas plus mal, d'ailleurs. On pensait tellement de conneries.

Il fronça les sourcils.

– Un problème ?

– En parlant de droits, je me posais la question… Luc écrit parfois des choses… sur vous, il me semble que vous pourriez, euh, ne pas apprécier.

– Il dit du mal de moi ?

– Pas vraiment. Non, non. Mais…

– Ah, vous voulez dire qu'il y a des passages de cul ?

Ce sourire. Delafeuille se sentit rosir. Il inclina la tête.

– Ce ne sont que des mots, dit-elle.

– Mais vous êtes d'accord avec moi ?

– Vous savez, ce n'est pas comme si c'était la première fois. Tous ces écrivains qui ont prétendu m'avoir fait ceci ou cela. Dans leurs rêves, oui. Si vous voulez tout savoir, Luc et moi n'avons pas eu de rapports depuis des mois.

– Ah ? Mais, euh…

– Ne croyez pas tout ce qu'il raconte. Avant, c'est vrai, je faisais attention à tout ça. J'avais peur pour ma réputation, pour mes enfants. Mais je suis loin de Paris, maintenant.

– Il vous manque de respect. Je trouve.

Elle sourit.

– Monsieur Delafeuille… Ce sont des mots, vous savez. Rien d'autre.

Fin février, Delafeuille était de nouveau assis à son bureau, vaguement déprimé devant la pile de manuscrits qui étaient arrivés au courrier du matin. Il avait coincé son téléphone entre son épaule et son oreille droite. À entendre la voix de Luc, lui non plus n'avait pas l'air en forme.

– Delafeuille, c'est la guerre en Ukraine. Depuis hier.

– Oui, je sais.

– L'ennui c'est que j'ai réservé des vacances au ski.

– Ah.

– Je suis censé emmener Delphine et les enfants dans les Pyrénées. La location commence demain.

– Et quel est le rapport ?

– Je ne sais pas si c'est très moral.

Delafeuille fronça les sourcils. Il n'était pas sûr de comprendre. Il fit pivoter son fauteuil, regarda par la fenêtre de son bureau. Une neige timide flottait au-dessus de la cour, trop inconsistante pour se poser quelque part.

– Si quoi est très moral ?

Luc hésita avant de répondre. Cela n'arrivait jamais. Ou très rarement. Delafeuille regarda l'écran de son téléphone pour être sûr que la communication n'avait pas été coupée.

– Partir en vacances au ski, au moment où Poutine envahit l'Europe.

– Qu'est-ce que tu racontes ?

– Tu comprends, j'ai réservé il y a trois mois. Le ski. Tu es obligé, aujourd'hui. Tout le monde fait ça.

– Oui, évidemment. Qu'est-ce que tu…

– Tommy se fait une fête. Je ne peux pas les priver de ça. Et je ne peux pas la laisser seule avec les enfants.

– Oui, eh bien, où est le problème ?

– Je ne peux pas partir en vacances au ski.

– Tu es cinglé. Qu'est-ce que tu comptes faire, t'engager ? Faire cesser la guerre à toi tout seul ?

Il y eut un nouveau silence. Delafeuille comprit que c'était sérieux.

– Écoute, tu te fais des idées sur tes possibilités, et sur ta place en ce monde.

– Oui, mais…

– Les démocraties du monde occidental, qui se précipitent dès lors qu'on touche à leurs prérogatives, leur pétrole et tout ce que tu veux, n'ont pas les moyens de dire à Poutine d'arrêter ses conneries. J'ai lu dans le *Courrier international* en 2018 qu'il ne renoncerait pas à l'Ukraine. Je l'ai lu, c'était écrit noir sur blanc. Si moi j'étais au courant, crois-moi, tout le monde savait. Les gens autorisés, comme on dit. Mais depuis qu'Oppenheimer est passé par là, les discussions entre les grands de ce monde sont truquées. Tu le sais, et moi aussi. Tout le monde le sait. La Fontaine, qui était un génie, l'a dit une fois pour toutes : la raison du plus fort est toujours la meilleure.

– En fait, le problème…

Mais Delafeuille était lancé comme un char russe. Il ne pouvait plus s'arrêter.

– Je me souviens de Chirac invoquant le droit des peuples à disposer d'eux-mêmes, lors de l'invasion du Koweït. Là, j'ai pas l'impression qu'il en soit tellement question. Je ne suis pas sûr que tu sois responsable en quoi que ce soit de ce bordel.

– Je…

– Tu n'étais pas là pour Auschwitz non plus, si on va par là… Et si le temps est une illusion, et c'en est une, tu pourrais aussi t'arrêter de vivre pour ça. Aucun enfant ukrainien ne va se porter beaucoup mieux parce que tu vas renoncer à tes vacances au ski. Et qu'est-ce que nous pouvons faire d'autre ? Remercier le ciel de vivre encore en démocratie, en attendant qu'elles disparaissent.

– Je souscris à tout ce que tu dis. Mais le problème n'est pas là.

– Quoi ?

– Je suis invité pour le Prix des lycéens d'Île-de-France. Tu me connais, je suis incapable de gérer un agenda. J'avais complètement oublié que ça tombait justement cette semaine-là.

– Et, euh… Ah bon.

– J'ai pensé que, peut-être, tu pouvais les accompagner.

– Pardon ?

– Je ne peux pas laisser Delphine toute seule avec les enfants. C'est trop lourd.

Delafeuille crut qu'il allait étouffer. Raccrocher, peut-être, pour mettre fin à ces absurdités. Ce type ne doutait vraiment de rien. Sans blague. Lui, partir au ski. Avec Delphine.

Avec Delphine…

Il fit à nouveau pivoter son fauteuil, posa un œil morne sur la pile de manuscrits qui encombraient son bureau.

– Mais… Les Pyrénées…, dit-il faiblement.

– Le pays de Trevanian, dit Luc. Crois-moi, c'est aussi beau que les Alpes.

– Ah, mais, euh…

– Ton président skie dans le coin. À mon avis il a les moyens de skier où il veut, ça doit pas être si mal.

– J'ai lu vos aventures.

– Mes aventures ?

– *Le Dernier Thriller norvégien*. Et le premier, comment déjà, *L'Espion qui venait du froid* ?

– Du livre.

– Oui, du livre. Pardon. *L'Espion qui venait du livre.*

– Et, euh…

– Ne me demandez pas ce que j'en ai pensé. Je trouve que ça ne vous ressemble pas beaucoup. Enfin, parfois… Je veux dire, certaines choses me font penser à vous.

Elle dépassa une minuscule Citroën. De la cabine du Dodge, en tout cas, elle paraissait minuscule. Le brouillard s'était levé et on pouvait voir la chaîne des Pyrénées briller au soleil, déchirer le ciel, aiguë, blanche et millénaire. Le pays de Trevanian.

Il se tourna vers elle. C'était très étrange de la voir au volant du pick-up, qu'elle maniait avec des gestes d'habitude, calmes et précis. Une part de masculinité qu'il n'avait pas vue avant.

– Oui, c'est terriblement gênant de se retrouver dans un livre, dit-il.

– C'est très dérangeant.
– Vous en savez quelque chose, je crois.
– Moi ?
– Luc dit qu'on a déjà écrit sur vous.
– Balzac, dit-elle. Dans une autre vie.

Elle l'avait dit avec une telle simplicité qu'il était difficile de ne pas le croire. Delafeuille se garda bien de répondre quelque chose.

Il tourna la tête vers la banquette arrière. Tout le monde dormait. Tommy et les deux adolescents qu'elle avait présentés comme son frère et sa sœur, et dont il n'avait su retenir les noms. Le garçon était le fruit d'un premier mariage, de son côté à lui, ou d'un deuxième, il ne savait plus. La fille, c'était sa fille à elle. Il se demanda ce qu'il faisait là, dans la vie de Luc, à sa place, sa place symbolique. Dans son Dodge RAM, aux côtés de sa femme. Le Prix des lycéens d'Île-de-France. Et quoi encore ? Il y avait anguille sous roche. Une maîtresse, probablement. Mais oui, bien sûr. Delafeuille ne voyait pas son vieil ami renoncer à une semaine de ski, même pour le prix Nobel.

C'était un échange de mauvais procédés. Lui aussi avait accepté pour de mauvaises raisons. Il n'aimait pas le ski, pas spécialement en tout cas. Et il n'aimait pas les enfants. D'ailleurs, les enfants… c'était un abus de langage. La sœur de Tommy allait sur ses vingt ans. C'était d'ailleurs à peine croyable. Il regarda à nouveau sa mère, furtivement, profitant de ce qu'elle était concentrée sur la conduite.

La phrase de Franck lui revint en mémoire : « On a retrouvé Benjamin Button. » Oui, aucun doute là-dessus.

En altitude c'était tout simplement l'été. *L'été de Katya*. Dans les rues de Saint-Lary tout le monde se promenait bras nus. Il y avait du soleil et des enfants partout. La neige était si blanche qu'elle semblait avoir été posée là par un décorateur, en larges rouleaux préfabriqués.

On accédait aux pistes par un téléphérique. À l'exception des boutiques de location, rien dans le village lui-même ne rappelait qu'on était dans une station de ski. Au crépuscule la musique folklorique diffusée par les haut-parleurs, les hordes d'enfants qui sillonnaient la rue principale, cette ambiance de fête foraine enneigée lui évoquèrent irrésistiblement le bouquin de Pierre Véry, *L'Assassinat du père Noël*. Ou le souvenir qu'il en avait, un peu flou à vrai dire. Qui lisait encore Pierre Véry ? Personne, selon toute probabilité.

L'arrivée au ski ressemblait à une course-poursuite. C'était bien le souvenir qu'il en gardait. Récupérer les clés de l'appartement, trouver une place pour la voiture, déposer les affaires, acheter les forfaits pour la semaine afin de ne pas avoir à faire la queue le lendemain, repérer la supérette la plus proche, faire les courses pour le dîner, ne pas oublier le café, les filtres, tous les indispensables qui n'étaient pas fournis avec la location. Et bien entendu, tout le monde faisait la même chose au même moment. Les deux adolescents, empotés, digitalisés, lobotomisés, ne furent d'aucune aide, comme on pouvait s'y attendre. Il essaya de se montrer utile, en pure perte. Delphine était comme toujours trop rapide, entre les rayons du Super U comme à la maison. Tout au plus fut-il autorisé à porter les sacs les plus lourds.

Il était trop tard pour aller sur les pistes. La nuit était tombée, soudaine comme un couperet. La neige étincelait sous les réverbères. Il la suivit dans ce monde en noir et blanc, sculpté comme un film expressionniste, heureux d'être là malgré tout.

Le soir même il reprit sa lecture. L'appartement était petit, encombré d'enfants, de sacs de voyage à moitié défaits et d'autres obstacles divers. Ils ne cessaient de se cogner l'un à l'autre. Ces contacts furtifs le faisaient presque frissonner. Dans une fiction ils auraient couché ensemble. La situation était trop parfaite. Une circonstance extérieure, la guerre en Ukraine, le Prix des lycéens d'Île-de-France, Dieu sait quoi d'autre, les avait réunis. Oui, dans une fiction, c'est ce qui se serait passé. À cela Delafeuille reconnut qu'il était un personnage bien réel, hélas, encombré d'innombrables inhibitions, affublé d'un corps ordinairement détérioré. Et c'est pourquoi il était là. Assis dans le salon, le manuscrit sur les genoux, au milieu de la nuit.

Il se demandait jusqu'à quel point il y avait des différences entre les personnages du livre et leurs modèles. C'était idiot de sa part, il s'en rendait compte. Dans la vraie vie, les autres étaient toujours des personnages plus ou moins imaginaires, parce qu'on ne pouvait pas tout savoir d'eux, on ne pouvait que les imaginer. Delphine et Luc n'étaient peut-être pas aussi parfaits qu'ils en avaient l'air. On a deux vies, écrivait Salter. Celle que les gens croient que vous menez, et l'autre.

Les enfants n'étaient pas aussi présents, pas aussi dramatiquement présents qu'il l'avait redouté. Lorsqu'ils ne skiaient pas, les deux ados étaient enfermés dans leur chambre. Le garçon jouait à des jeux vidéo. La fille était sur les réseaux. Ils étaient tous les deux en grande conversation silencieuse avec le monde extérieur. Seul Tommy réclamait la présence de sa mère avec la régularité d'un rouleau compresseur. Elle répondait à toutes ses demandes avec une patience infinie, et Delafeuille la regardait faire avec une sorte de crainte religieuse.

Parfois le rapport s'inversait, c'est elle qui demandait à son petit dernier de régler quelque chose sur son téléphone. Tommy s'exécutait en haussant les épaules, effondré par l'incompétence de sa mère. Elle acceptait son mépris de *digital native* avec une grâce qui défiait l'entendement. Elle semblait ignorer la mauvaise humeur.

Pour autant elle faisait preuve d'autorité. Elle n'avait jamais besoin de répéter qu'il fallait mettre la table ou « ranger un peu le bordel ». Delafeuille ne tarda pas à comprendre qu'il n'était, en la circonstance, d'aucune utilité. Il ne servait vraiment à rien, à part encombrer un peu plus l'espace. Comme les autres, il s'empressait de ranger un peu le bordel dès qu'elle en formulait la demande. Qu'avait dit Luc ? C'est trop lourd ? Tu parles. Elle se retrouvait avec un enfant de plus à gérer.

Le spectacle le plus étonnant auquel il assista, fut de la voir vernir les ongles des pieds de sa fille. Vautrée de tout son long sur le canapé, l'adolescente avait fermé les yeux. Delphine, concentrée, maniait le minuscule pinceau avec soin. Elle semblait y prendre beaucoup de plaisir, comme si elle achevait la fabrication de cet être qu'elle avait porté dans son ventre. C'était tout simplement sidérant.

– Vous n'êtes pas jalouse de votre fille ?

– Mais… de quoi parlez-vous ?

Il nota dans la marge : *Difficile à croire. Il devrait y avoir conflit.*

Sur les pistes elle l'attendait. Elle passait son temps à l'attendre. Il avait conscience de skier comme une enclume, souvent en chasse-neige, hésitant et suant. Il priait pour ne pas chuter quand elle pouvait le voir. Qu'est-ce qui lui avait pris d'accepter ce plan ?

Là encore, il se retrouvait la plupart du temps seul avec elle. Tommy suivait des cours collectifs, les deux ados exploraient le domaine réservé aux bons skieurs. Les pistes rouges, les pistes noires. Elle-même skiait très bien, mais elle restait avec lui dans des zones faciles d'accès. Sans doute lui tenait-elle compagnie, plus que l'inverse. Ils prenaient le télésiège ensemble, veillant à ne pas le partager avec d'autres. Parfois le télésiège s'immobilisait. Il se retrouvait alors dans une intimité irréelle avec cette femme, suspendu au milieu du silence, entre ciel et terre.

Le deuxième jour, cet instant étrange se prolongea. Le ciel était bleu comme un titre de Georges Bataille, la neige étincelait comme une robe de mariée sous les flashes. On était si proche du soleil. Delafeuille respira à fond, ah ce n'était pas le même air, ça non. Le télésiège ne repartait pas. Il osa tourner la tête vers elle.

Elle semblait perdue dans ses pensées. Luc lui manquait peut-être. C'était un vieux couple, pourtant. Ce n'étaient pas les mots qui venaient quand on les voyait ensemble, mais c'était un vieux couple. Delafeuille ne savait rien de cette réalité, de ce qu'elle recouvrait. Brusquement elle sembla se rendre compte de sa présence et lui offrit ce sourire réflexe, presque animal.

– Alors, ce livre ? demanda-t-elle.

La question le prit au dépourvu. Il avait presque oublié qu'elle était au courant. C'était doublement gênant, d'une certaine façon. Comme si elle l'avait surpris en train de fouiller dans ses tiroirs. Il avait pris un coup de soleil sur le nez, alors elle ne le vit pas rougir.

– Eh bien, mais… vous-même, qu'en pensez-vous ?

– Ah, je n'ai rien lu. Interdit.

– Oui, mais… le projet, vous en pensez bien quelque chose ?

– Quoi donc, que Luc ait décidé d'un seul coup d'écrire quelque chose sur moi ?

– Oui.

– C'est compliqué. Vous en savez quelque chose. Et puis, je ne suis pas sûre d'être un sujet.

C'était peut-être le fait d'être ici, en plein ciel. Elle se laissa aller, pour la première fois.

– Je crois que Luc est en grande dépression. Il pense qu'il n'y arrivera pas. C'est la première fois que je le vois comme ça. Il a toujours ses moments d'incertitude… Vous connaissez Luc. Il a besoin de montrer qu'il maîtrise tout, qu'il a la plus grosse, etc. Ils sont tous un peu comme ça, vous me direz. Mais chez lui c'est très…

– Très prégnant.

– Oui… Bref, il a eu des ennuis de santé, comme tout le monde. Il se raconte qu'il a toujours trente ans, mais ce n'est pas le cas. L'autre jour, je l'ai vexé, bien malgré moi…

– Je ne croyais pas ça possible.

– J'aime être une femme, monsieur Delafeuille. J'ai beaucoup de compassion pour les hommes, je pense que ça ne doit pas être évident tous les jours de... maîtriser la situation, ou de faire comme si. Mais bien sûr je n'en ai aucune idée, ou plutôt je n'en ai que l'idée.

– Parfois j'ai l'impression d'entendre Luc.

– Oh, on nous trouve très fusionnels. (Elle haussa les épaules.) Je suis une vieille dame. Qui attend avec impatience d'être grand-mère, déclara-t-elle brusquement.

– Excusez-moi de vous le dire avec cette brutalité, mais vous avez, euh, l'air d'une jeune fille.

– Vous êtes gentil.

– Pas du tout. On a retrouvé Benjamin Button. Et je vous ai vue en maillot de bain. (Il se sentit rougir. Bouillir serait plus juste. Il lui sembla que sa figure passait par toutes les nuances du pourpre et que de la fumée lui sortait par les oreilles.) Excusez-moi. Ce n'est… Je ne sais pas ce qui m'a pris.

Elle posa une main sur son bras. Innocemment. C'était innocent, il en était sûr. Sous son masque ses yeux bondirent hors de leurs orbites.

– Ne vous excusez pas. Nous voulons être désirées, je suppose. Et pouvoir jouer de ce désir, l'encourager ou le freiner, l'arrêter le frustrer le canaliser. C'est un lieu commun, non ?

Delafeuille lui sourit sans répondre. Il était paralysé.

– J'ai toujours souffert de mon physique, vous savez. J'étais trop grande. Quand j'étais ado on me montrait du doigt. Sur les photos de classe je dépassais toujours, comme un clou mal planté. Luc insiste pour que je porte des talons, comme tous les machos primaires dans son genre. Tous les débuts d'année il m'offre des Dior, des Louboutin, des Sergio Rossi. Alors je mets des talons. Et quand je mets des talons, quand je suis perdue là-haut dans la stratosphère, toutes mes angoisses d'adolescente reviennent. Je fais mon possible pour paraître fatale, et je sais que je vais me rétamer devant tout le monde.

– Je vous protègerai ! hurla-t-il dans le secret de son âme. Plus jamais il ne vous obligera à mettre ces machins-là, il devra d'abord me passer sur le corps !

Mais quand le télésiège repartit, il n'arrivait toujours pas à parler.

Arrivée en haut des pistes elle filait comme le vent, légère et coordonnée, prenait le temps de se tourner vers lui pour lui sourire. Il répondait d'un petit signe, encombré de ses bâtons dont il ne savait trop que faire. Et la regardait disparaître dans la pente, sa crinière noire ondulant dans son sillage, mince silhouette de chasseresse, déjà hors d'atteinte.

Le séjour lui parut trop bref, malgré tout. Le soir, une fois les enfants dans leur chambre et devant leurs écrans respectifs, ils prirent l'habitude d'aller boire un verre à l'une des terrasses du centre, sous les chauffages halogènes.

Les bars étaient très animés, fréquentés pour l'essentiel par des jeunes gens. Bruyants, joyeux, débordants d'énergie. Dans ces moments-là, il se sentait particulièrement proche d'elle, parce qu'ils avaient l'un et l'autre toute une vie derrière eux. Vingt ans de plus que les gens qui s'agitaient autour d'eux, dans son cas à elle. Plus proche de trente, en ce qui le concernait. Il commençait d'ailleurs, sans que cela atténue en rien l'état de presque sidération dans lequel il était en sa présence, à percevoir l'âge de cette femme. Dans sa réserve, sa distinction, la confiance évidente, presque palpable, qu'elle avait en ses moyens de séduction, dont elle faisait un usage modéré, presque invisible. Il remarquait aussi, peut-être parce qu'il osait s'attarder plus longuement à la contempler, les petites rides au coin des yeux, et d'autres signes infimes qui, s'ils étaient difficiles à déceler, n'avaient d'autre explication que l'inexorable passage du temps.

La conversation avec elle était toujours simple. Il n'éprouvait pas le besoin de se surveiller, comme cela lui arrivait trop souvent. Ils parlèrent de livres, de livres sur la montagne. Sans surprise elle aimait *L'Homme des hautes solitudes*. Désireux de faire preuve de finesse et d'érudition il cita *Le Mont analogue*. Elle ne l'avait pas lu.

C'était lui qui s'épanchait, ce soir-là.

– Les commerciaux font la loi dans le monde du livre, disait-il. Comme partout. On essaie de pousser ça vers une logique industrielle, de rentabiliser les investissements. Donc il vous faut un historique des ventes, mais c'est juste absurde. D'ailleurs c'est également absurde dans le monde industriel, on ne peut pas tout modéliser, l'histoire l'a montré. Alors, le livre, je vous laisse imaginer. Et Kafka, qui, comme vous le savez, s'y connaissait en situations kafkaïennes, personne ne voulait le publier. Pas même lui.

Elle ne disait rien. Il laissa passer un silence, finit par demander :

– Vous avez des nouvelles de Luc ?

– Aucune.

– Mais vous n'avez pas idée d'où il se trouve en ce moment ?

– Pas la moindre. Ni de ce qu'il peut bien être en train de fabriquer. Vous le connaissez.

– Eh bien, peut-être pas aussi bien que je l'imaginais. Il est vraiment sérieux ? À propos de la guerre ? Comme s'il avait quelque chose à y voir.

– Je pense qu'il souffre du complexe d'Hemingway. Vous savez, *L'Adieu aux armes* et tout ça.

Elle regarda dans le vide, visiblement le sujet l'attristait. Il se demanda comment enchaîner. Mais elle ne fut pas longtemps absente. Elle posa à nouveau sur lui ses grands yeux verts, débordants de chaleur. Ou c'étaient peut-être les halogènes.

– Parlez-moi plutôt du livre. Il m'a dit que ça ne se passait pas très bien entre vous.

– Ah bon, il a dit ça ?

– Non, pas ça exactement (elle sourit). Vous ne trouvez pas ça drôle ? Nous voilà tous les deux à discuter, entre personnages de fiction.

– Oui, c'est drôle.

Et de fait, ils furent pris l'un et l'autre d'un rire inextinguible, qui dura plusieurs minutes, au point d'intriguer les jeunes gens des tables voisines. Sans doute y avait-il une tension entre eux qui trouvait là à se vider, sous un prétexte idiot.

– Son livre me pose effectivement des problèmes, reprit Delafeuille lorsqu'ils furent calmés. Je ne sais pas trop comment formuler cela sans vous blesser…

– Ah. Vous savez, ce n'est pas mon livre.

– Oui, évidemment. Cela dit… J'ai beaucoup d'estime pour vous, et pour Luc bien sûr, mais je pense que le portrait qu'il fait de vous… eh bien…

– Dites-moi.

– Ce n'est pas très moderne. Et je ne vois pas comment y remédier.

– Pas moderne.

– Oui, il n'est pas dans le *Zeitgeist*… Cela tient en partie à ses conceptions, qui sont comment dire, eh bien, d'un autre âge. Ce n'est plus un jeune homme, vous savez.

– Oui. Je sais.

– Sa vision des femmes est… C'est toute cette génération, pas seulement lui. Je crois que l'époque lui échappe.

– Probablement. Mais vous savez, ça lui a toujours échappé,

pour ce que j'en sais. C'est sa façon d'être. On le lui reprochait déjà quand il était dans la pub, qu'il n'avait même pas la télé et tout ça… Il citait souvent Lichtenberg.

– Lichtenberg ?

– « Efforce-toi de ne pas être de ton temps. » C'est un aphorisme de Lichtenberg, non ?

– Je ne saurais pas vous dire. Je ne les connais pas tous.

– Très bonne réponse, monsieur Delafeuille.

Il ne savait toujours pas comment prendre cette ironie légère, à peine perceptible. Il essaya de se composer un air gêné, un rien surjoué, pour montrer qu'il était content, et en même temps qu'il n'était pas dupe.

– Le portrait qu'il fait de vous est juste, je suppose, et c'est vrai que vous êtes une femme… comment dire ? Ce genre de femme dont les hommes rêvent, mais passé l'adolescence ils savent qu'elle n'existe pas. À part ceux qui vous ont rencontrée, bien sûr.

– Vous êtes trop gentil.

– Mais une femme ne peut plus être conforme aux rêves d'un homme, elle ne peut plus se résumer à ça. Pas après MeToo. Il a tendance à vous *objetiser*. C'est trop réducteur. Et puis c'est un peu ringard.

Le mot ringard la fit rire. Elle secoua la tête, comme pour chasser un souvenir qui cherchait à s'immiscer dans la conversation.

– Peut-être qu'il fait de moi un portrait très édulcoré. Ou qui le valorise, vous savez, il n'est pas meilleur que les autres. Mais est-ce que tout cela n'est pas un peu absurde ? Elizabeth Bennet, Mme Bovary, Anna Karénine, que doit-on faire d'elles ? Sont-elles assez contemporaines ?

Il ouvrit la bouche pour répondre, mais il ne savait pas trop quoi répondre. Il prit une gorgée de bière, se demanda ce qu'elle ressentait. Il comprit qu'il n'en avait pas la moindre idée.

– Je ne sais pas si c'est bien mais c'est comme ça, dit-il.

– Vous voulez mon avis là-dessus ?

– Eh bien, je, oui, naturellement.

– C'est un faux problème. Une femme devrait être aimée et respectée absolument. Pas parce qu'elle est tel ou tel type de femme. Pas parce qu'elle est moderne, active, égalitariste, rebelle et je ne sais quoi d'autre.

Il eut envie de disparaître sous la table. Comment en étaient-ils arrivés à parler de ça ?

– Vous avez probablement raison.

Elle haussa les épaules.

– Je donnerais ma vie pour mon petit garçon, sans l'ombre d'une hésitation. Donc oui, je suis prête à me sacrifier pour un homme, je suis prête au sacrifice ultime pour un homme, même si c'est un homme en devenir. Je suppose que ça ne fait pas de moi une féministe *hard*.

– Ce n'est pas… Je ne voulais pas…

Les mots lui manquèrent. Il eut le soupçon que quelque chose les séparait irrémédiablement. Quelque chose qui n'avait rien à voir avec leur conversation, que pourtant il venait d'entendre.

Le matin de leur départ il eut son heure de gloire, dans ce même café, lorsqu'il fut invité à faire équipe avec Tommy au baby-foot. Le frère et la sœur composaient la redoutable équipe adverse, chargée d'hormones, qui se répandait en épouvantables obscénités à chaque but marqué. Tommy, qui était à peine assez haut pour voir ses joueurs, faisait tout son possible mais il était vraiment très maladroit. Delafeuille compensa ce handicap en adoptant diverses stratégies : jouer en attaque et marquer le plus vite possible, puis changer de place avec Tommy, défendre efficacement et tirer des boulets de l'arrière.

– Bien joué, Tommy ! hurlait-il chaque fois que l'enfant touchait la balle.

Et il plaçait un tir croisé.

– Goal ! hurlait Tommy, au comble de la joie et de l'excitation.

– Sa race il est trop chaud ! hurlait la sœur.

– Putain qu'est-ce que tu fous ? hurlait le frère.

– Il est trop chaud !

– Dans ta face ! hurlait Tommy.

Delphine avait garé le Dodge devant le café. Elle vint récupérer sa petite troupe. La dernière balle, très disputée, venait de disparaître dans un claquement de métal. Tommy se précipita à la rencontre de sa mère.

– Maman, on a gagné, on a gagné la finale ! Monsieur Delafeuille il est trop technique, je te jure !

– J'avoue, il est chaud, reconnut son grand frère.

Delafeuille essaya d'avoir l'air humble. C'était difficile. Elle lui sourit, ce qui eut sur lui l'effet habituel. Il eut envie, lui aussi, de hurler, de dire qu'il était le plus grand, le plus beau, le plus fort.

– Je suis impressionnée, dit-elle.

– C'est Mbappé ! hurla Tommy.

– J'avoue, maugréa la sœur.

Il régla les consommations et les suivit au-dehors. Les enfants s'entassèrent à l'arrière du véhicule. Delphine leur confia son manteau et grimpa derrière le volant. Il ne perdait pas un seul de ses gestes. Il la trouvait belle, ainsi, dans l'action.

Le V8 s'ébroua. Il prit place à ses côtés, toujours étonné de la voir manier ce gros engin avec décontraction.

– À quelle heure est votre train ?

– Je pense que nous avons le temps, dit-il.

Ils furent à la gare plus vite qu'il ne l'aurait souhaité. Tout le temps que dura la descente, par de petites routes ensoleillées, ils restèrent silencieux. Il ne savait pas quoi dire. Il se sentait bien. La présence des enfants le gênait moins, depuis qu'ils lui avaient témoigné des marques d'admiration. Ils étaient de toute façon des personnages périphériques à l'histoire. En ce qui le concernait, de simples circonstances, comme la neige, ou la guerre. Il n'avait pas d'enfants. Il ne savait pas ce que c'était, et continuerait de l'ignorer. D'ailleurs lorsqu'elle le déposa à la gare de Pau, ils étaient à nouveau satellisés, chacun sur son écran respectif, et prêtèrent à peine attention à son départ.

Elle l'accompagna sur le quai, malgré ses protestations.

– C'était cool de vous avoir avec moi, dit-elle. J'aurais eu bien du mal à m'en sortir toute seule.

Il se garda bien de répondre à ça. Il avait eu amplement le temps de constater combien elle n'avait besoin de personne. Il essaya de faire le tri dans ce qu'il ressentait, n'y parvint pas, tendit la main le plus naturellement qu'il put.

– Au revoir, Delphine. C'était un vrai plaisir pour moi. Je... Rentrez bien.

– Oui, vous aussi.

Elle serra la main tendue. Il la regarda se diriger vers le parking. Chorégraphie éternellement fascinante, d'un corps de femme qui s'éloigne dans la perspective. Ce qu'il porte de regrets, d'espoirs. Surtout gaulé comme ça, avec en plus le pantalon stretch, le petit pull ajusté...

Une voix suggéra que Delafeuille s'éloigne de la bordure du quai, ce qu'il fit. Le TGV inOui qui entrait en gare les sépara définitivement, des tonnes de ferraille qui défilèrent entre elle et lui, dans un bruit de fin du monde. À nouveau cette sensation de perte irrémédiable le prit à la gorge.

Le train était plein, comme il arrive souvent, mais il avait une place à l'étage, dans le sens de la marche, ce qui correspondait à ses préférences. Il rêvassa quelque temps, les yeux dans le paysage. Puis il se remit à lire le manuscrit.

Le passage au ski était intéressant, en tout cas il présentait l'avantage d'offrir un bol d'air, peut-être de montrer les personnages sous un autre jour. Luc laissait la place à ses deux protagonistes, il les laissait s'exprimer en toute liberté, loin de sa présence somme toute envahissante. L'auteur est toujours un peu envahissant. On découvrait une autre Delphine, qui présentait des qualités masculines, au volant et sur les pistes, mais aussi dans la conversation, quand elle affirmait son individualité, face à l'éditeur et sa soumission à l'esprit du temps. Par ailleurs elle faisait montre d'une vulnérabilité inattendue, concernant son apparence. Oui, tout cela était bien intéressant.

Quelque part après Bordeaux, il leva les yeux de sa lecture. Le soleil avait disparu. Le train filait vers le nord, le froid. Il se demanda s'il n'avait pas rêvé. Ses séjours dans le Sud-Ouest, ensoleillés et joyeux. La beauté des paysages, la beauté de cette femme, et jusqu'à la transparence de l'air… Il avait lui-même du mal à y croire.

Quant au manuscrit, il en avait lu plus de la moitié. Il repensa à sa conversation avec elle, concernant le livre. Un portrait pas très moderne… Qu'est-ce qui lui avait pris de dire une chose pareille ?

Les autres personnages féminins n'étaient pas aussi fouillés, mais le contraste était intéressant à examiner. « Delphine n'est pas les femmes. » En effet, de ce côté-là, il avait raison. Eugénie, Murnau étaient des créatures bien différentes, elles vivaient sur une autre planète. Une planète qu'elle connaissait, pourtant. Paris et ses intrigues. *Les Illusions perdues.*

On les imaginait mal se croiser. Qu'aurait donné un dialogue entre Delphine et Murnau, par exemple ? Au début, il avait été frappé par sa douceur, son infinie douceur, c'est ainsi qu'il aurait parlé d'elle. Et c'est bien ainsi qu'elle était. Mais il avait pu constater aussi qu'elle ne manquait pas d'autorité, même si celle-ci s'exprimait bien différemment de celle de ses consœurs parisiennes. Et qu'elle pouvait, sur son propre terrain, d'un tir croisé qu'il n'avait pas vu venir, le renvoyer dans ses buts.

Elle commença à lui manquer.

C'était sans espoir, naturellement. D'abord parce qu'elle appartenait absolument à l'autre idiot. L'auteur. Cela faisait partie de son absence de modernité, d'une certaine façon. Mais aussi, tout simplement, parce qu'il n'espérait rien de précis. Il était retourné à cette conception de l'amour, celui qu'on éprouve dans l'enfance, quand l'existence de l'autre, sa fréquentation, sa proximité, suffisent à vous précipiter dans un état de transe.

Elle le visita dans ses rêves. Parfois terriblement érotisée, dans les tenues sexy qu'elle portait au temps de ses nuits parisiennes. Mais le plus souvent dans les vêtements confortables qu'elle affectionnait pour faire le jardin. C'est ainsi qu'il la connaissait, et c'est ainsi qu'il aimait la retrouver. La nuit elle était donc là, d'une certaine façon. Mais les journées étaient longues.

Dès le début de la guerre en Ukraine, le Covid devint un sujet mineur. Pour très vite disparaître des conversations. Le port du masque obligatoire, les mesures de confinement, toutes ces choses inimaginables qui allaient à l'encontre de nos habitudes les plus intimes, et qu'on avait pourtant acceptées avec une étonnante docilité, furent aspirées par le passé, comme des lambeaux de rêves qui se dissolvent dans le premier soleil. La vie avait repris comme avant, ou presque.

Delafeuille croisait parfois un original qui n'avait pu renoncer au surcroît de sécurité que lui procurait le fait de se déplacer masqué dans les rues de la capitale. On parlait de mettre en place une quatrième dose vaccinale, mais le discours manquait de conviction, et d'ailleurs plus personne n'écoutait. L'homme de la rue avait retrouvé sa liberté de ne penser à rien.

On n'était pas passé loin, pourtant, de mettre tout le monde d'accord. Trump, Boris Johnson, Bolsonaro, Macron, Merkel, tout le monde avait attrapé cette saloperie à un moment ou à un autre. On avait renoncé à une bonne partie de nos activités inutiles. On avait arrêté d'en mettre partout, on avait constaté qu'il n'y avait pas d'urgence. On était restés chez nous, comme le suggérait Pascal. On avait vu des daims nous visiter, on avait redécouvert les bouquins. On avait écouté les oiseaux. On était probablement passés à ça de comprendre. Comprendre quoi, il ne le savait pas exactement. Mais comprendre. Et bref, c'était foutu maintenant. Notre besoin de mauvaises nouvelles immédiates réduisait tout ce qui nous arrivait à peau de chagrin, accélérait notre indifférence. Pourtant le présent restait toujours hors d'atteinte. Comme Achille lancé à la poursuite de la tortue nous étions condamnés à un surplace de plus en plus rapide.

Il entra dans le café où ils s'étaient donné rendez-vous. Raoul était déjà là, vautré devant ce qui ressemblait à son Jack habituel. Autour d'eux la faune du sixième était de retour, jeune, élégante et bavarde, avec des idées sur tout, et surtout sur rien, et le babillage sophistiqué qui accompagnait cette certitude d'être là où ça se joue.

– Désolé, dit Delafeuille en s'asseyant. Eugénie m'a tenu la jambe.

– Le livre de la rentrée ?

– Évidemment.

– Alors ?

– J'ai deux propositions. La première… Je ne sais pas si tu as envie d'entendre parler de ça.

– Je finirai par en entendre parler de toute façon. Au cas où tu l'aurais oublié, je suis libraire.

Une des serveuses du lieu, son plateau sous le bras, s'approcha à point nommé. Delafeuille s'efforça de la regarder de façon aussi neutre que possible.

– Un Nikka, je vous prie.

– Sec ?

– Je veux bien un peu de glace à part.

Raoul regarda Delafeuille par en dessous.

– Depuis quand tu bois ce genre de chose, toi ?

Delafeuille ne répondit pas. Il avait conscience, bien entendu, d'avoir pris le goût du whisky japonais lors de ses séjours à Farsac. Mais aussi et surtout, de prendre ainsi, à nouveau, symboliquement, la place de Luc, de se sentir pour ainsi dire dans sa peau, un peu comme font les enfants lorsqu'ils se déguisent en Zorro, Spiderman ou peu importe en quoi se déguisaient les enfants aujourd'hui, s'ils se déguisaient toujours. L'alcool aidant, Delphine semblait possible. Tout cela était compliqué à raconter, et surtout il n'était pas sûr d'avoir envie de le faire.

– *Nouveau message*, dit-il. Elle est à fond là-dessus.

– Le titre fait très peur. Ça raconte quoi ?

– Tout et rien. Et n'importe quoi. C'est un plan en coupe de l'époque. En tout cas c'est comme ça qu'on va le vendre.

– Mais encore ?

Delafeuille regarda Raoul. Raoul lisait de la science-fiction. Il était peut-être plus à même que Delafeuille lui-même de saisir de quoi il était question.

– Pour ce que j'en comprends, ce sont deux amoureux dont le genre et les orientations sont sujets à caution, qui se causent via les réseaux et les diverses messageries, se *forwardent* des posts divers, puis on n'est plus certain que ce sont les deux mêmes qui se parlent et ça finit en queue de poisson, enfin, on ne sait pas trop, on est encore en train de réfléchir à la fin.

– Ça a l'air très chiant.

– Ça l'est. Surtout, c'est illisible.

– Je vais changer de métier.

– Mais non.

– Mais si. Même les romans générés par intelligence artificielle m'ont l'air plus intéressants.

– Quels romans générés par intelligence artificielle ? De quoi tu parles ?

– Laisse tomber. Tu n'as pas envie de savoir.

La serveuse était de retour avec le Nikka, en un temps record à cette heure d'affluence. Delafeuille remercia d'un hochement de tête, faillit sourire. Il espérait que cet ensemble de signaux ne seraient pas mésinterprétés. Il fallait vachement se méfier, maintenant.

– Bon, on va quand même trinquer.

Ils trinquèrent. Les quelques secondes suivantes, ils oublièrent que la vie était parfois difficile, ou décevante, ou les deux. Ils se regardèrent avec une satisfaction nouvelle, prirent une autre gorgée.

– Et donc, Eugénie achète ?

– Carrément. Tu sais, c'est le neveu de Murnau qui a pondu ça.

– Ah oui. C'est bien, ça. On reste entre nous.

– Après, elle voudrait bien quelque chose de plus féminin. Tu sais qu'on est toujours à soixante-dix, quatre-vingts pour cent de lectrices.

Raoul haussa les épaules.

– Plus personne ne sait ce qui plaît aux femmes. Elles ne le savent pas non plus, d'ailleurs.

– Quoi de neuf ?

– Attention, ce n'est pas très MeToo, comme remarque.

Raoul et Delafeuille regardèrent autour d'eux, inquiets. Raoul baissa la voix.

– Elles veulent tout et son contraire, mais ça, ce n'est pas très nouveau.

– Oui, enfin, vu que j'avais *Nouveau message* d'un côté, je me suis dit que je pouvais la jouer sécure de l'autre, et commander un portrait de femme moderne, tu vois, une femme qui souffre et qui se bat et qui fait bouger les lignes.

– Et donc ?

– Et donc, je suis un peu embêté, parce que j'ai bien un portrait de femme, mais je crois qu'elle ne fait pas vraiment bouger les lignes, tu vois. Elle fait la cuisine, elle prépare l'apéro pour son homme, elle promène le chien…

– Ah oui. Suicide commercial. Tu es devenu fou, donc ?

– Je ne sais pas. Je crois…

– Oui ?

– Je crois que j'apprécie beaucoup cette femme.

Raoul fronça les sourcils.

– On va s'en jeter un autre, dit-il.

– Je sais ce que tu penses. Tu trouves ça tragique. Tu as peut-être raison. Et pour être honnête, je ne sais pas vraiment ce que vaut le livre. Mais il se trouve que je connais cette femme, et quand je suis près d'elle, je…

– Qu'est-ce que tu racontes ?

– J'éprouve quelque chose pour (Delafeuille chercha le mot juste) ce personnage. Même si elle n'est pas très tendance. Je devrais demander des corrections, mais je n'y arrive pas. Je… je l'aime telle qu'elle est.

Raoul désigna l'enveloppe kraft que Delafeuille avait posée sur la table.

– C'est ça que tu trimballes partout avec toi ces temps-ci ?

– Oui.

– Je peux ?

Delafeuille hésita. Une seconde, pas plus, qui pourtant fut perceptible dans le flot de la conversation.

– Je t'en prie.

Raoul prit le manuscrit dans l'enveloppe qui était ouverte d'un côté. Le tas de feuilles était passablement défraîchi et corné. Il se mit à le feuilleter distraitement.

– Et tu crois vraiment que tu vas te retrouver sur les listes avec ça ? Ou avec l'autre bargerie ?

– Non, je n'y crois pas vraiment. Peu importe. Plus personne n'a le temps de lire, de toute façon. En tout cas pas tout ça. La rentrée littéraire c'est cinq cents titres peu ou prou. Forcément on choisit les gagnants comme on joue au tiercé. Toi par exemple, combien tu lis de livres par an ?

– Je ne sais pas. Entre dix et vingt ? Trente, cinquante ? Aucune idée. Je n'ai jamais fait le compte.

– Tu pourrais en lire cinq cents en un mois ? ou même en trois mois ?

– Mathématiquement, oui, peut-être. Mais je ne suis pas sûr que je les comprendrais. Je suis quelqu'un de lent. J'ai besoin de savourer le texte.

– Et tu as bien raison.

– Et puis, avant d'en penser vraiment quelque chose, il faudrait encore attendre de connaître l'effet que te fait le livre. *Les années.*

– Annie Ernaux ?

– Non, non, je veux dire, laisser passer le temps.

– Ah oui. Bon, et puis il y a de toute façon le problème de la quantité. Quand tu vois *L'Infinie Comédie* sur une table, franchement, tu vas lire ça ? Qui va lire ça ?

– Sans blague ? Tu l'as pas lu ?

– Je le lirais volontiers, mais ce n'est pas possible. J'ai tous ces manuscrits en retard. Sur ce sujet-là, c'est Eugénie qui a raison. Le livre de la rentrée doit être court.

Raoul feuilletait toujours le manuscrit.

– C'est marrant, il y a un passage où nous sommes tous les deux au bistrot, à papoter et à nous bourrer la gueule.

– Quoi ?

– *Raoul feuilletait toujours le manuscrit*… Ça c'est marrant.

– Rends-moi ça, je te connais, tu vas me mettre du désordre.

Delafeuille lui arracha presque le tas de feuilles des mains et le remit dans l'enveloppe kraft. Raoul soupira.

– Tu es bien nerveux, Delafeuille.

– Non mais vraiment, puisqu'on parle des femmes. Je veux dire, personne ne nous entend. Tu en penses quoi ?

– Je pense quoi de quoi ?

– Des femmes.

– En tant que libraire ?

– En tant qu'homme.

– Qui te dit que j'en pense quoi que ce soit ?

– Allons, allons. Nous avons tous des théories, surtout quand nous sommes bourrés.

Raoul vida son verre.

– Nous ne pouvons plus rien penser des femmes, dit-il, et tu le sais très bien. Sinon tu ne poserais pas la question.

En arrivant sur le palier du troisième sans ascenseur, Delafeuille loupa une marche, la dernière. Ou peut-être la pénultième, ou même celle d'avant, il ne savait plus, il l'avait loupée. Il jura, incapable de comprendre comment cette chose était arrivée, nom de Dieu, bafouilla-t-il, je deviens sénile. Mais la vérité, c'est qu'il était bourré.

En cherchant à se rattraper à la rampe il avait lâché le manuscrit de Luc, qui était tombé du mauvais côté, le côté où l'enveloppe kraft était ouverte, et les pages s'étaient répandues dans l'escalier, jusqu'au deuxième et même plus bas, il y en avait encore quelques-unes qui tourbillonnaient comme dans un poème de Prévert, décidées semblait-il à descendre jusque dans l'allée.

Tout en se maudissant intérieurement, Delafeuille se précipita, manquant s'étaler à nouveau. Il ne voulait pas en perdre une seule. Il ne voulait pas – il s'en rendit compte tandis que, grotesquement courbé en deux dans l'étroit couloir qui menait à la rue, il ramassait les pages une par une – que quelqu'un d'autre que lui ait accès à ce qui était raconté là. C'est aussi pour cela qu'il avait arraché l'objet des mains de Raoul avec une brutalité qui ne lui était pas naturelle.

Il lui fallut bien dix minutes pour être sûr de les avoir toutes récupérées. Il se traîna à nouveau dans l'escalier, pris de vertige. Quand il fut de retour sur le palier du troisième, son précieux fardeau en main, il eut l'impression d'avoir échappé à une catastrophe de grande ampleur. Son cœur battait la chamade. C'était peut-être aussi et tout simplement qu'il venait de grimper six étages au lieu de trois. Il haussa les épaules, chercha ses clés.

– Un petit verre ne me fera pas de mal, songea-t-il.

C'était faux, naturellement. Surtout dans l'état où il était. Il le savait très bien. Il n'ignorait pas que les périodes de confinement avaient considérablement augmenté sa consommation d'alcool, entraînant nécessairement une certaine accoutumance. S'il n'en avait pas conclu, comme tant d'autres, qu'il pouvait désormais écrire un chef-d'œuvre, cela restait préoccupant pour d'autres raisons. Mais bon. On ne pouvait pas se frustrer de tout.

– Pablo. Je suis rentré.

Il attendit, debout dans l'entrée, que le beagle lui saute dessus, comme à l'habitude, et pose ses coussinets couverts de terre sur son pantalon.

– Pablo ?

Mais il n'était plus à Farsac. Et Pablo n'était pas son chien, c'était celui de Delphine. La dernière fois… Il secoua la tête. Il préférait ne plus y penser.

Il se défit de son imperméable et de ses chaussures, enfila ses mules et tituba jusqu'au canapé, dans lequel il se laissa tomber, la précieuse enveloppe kraft toujours serrée contre lui. Il demeura ainsi, les yeux au plafond, pendant peut-être une minute, ou ce qui lui sembla être une minute, mais après tout, le temps était une illusion. Retrouvant soudain du poil de la bête, il posa le manuscrit à côté de lui et entreprit de se préparer un *after*, un *nightcap*, un dernier pour la route, même s'il n'avait l'intention d'aller nulle part, avec ce qu'il put trouver dans la table basse, qui recélait quelques bouteilles, en l'occurrence un fond de Chivas qui ferait très bien l'affaire. Il vida un premier verre cul sec, s'en servit un second et s'installa confortablement contre les coussins, décidé à reprendre sa lecture où il l'avait laissée.

Il en était effectivement à ce passage, qu'il avait trouvé un peu longuet, où Raoul et lui échangeaient vaguement autour d'un verre. Une conversation qui ne menait nulle part, comme il en va souvent dans la vie. De ce côté-là, on ne pouvait pas dire, le texte avait quelque chose de simple et de familier, dans quoi il était facile de se projeter. On allait boire un coup avec un ami, on rentrait chez soi, on vaquait à ses petites occupations, jour après jour. Rien de très passionnant, mais combien d'entre nous pouvaient se vanter d'en faire plus ? Il soupira, prit une gorgée de Chivas, posa le verre sur l'accoudoir avant de passer à la page suivante.

Changement de décor. Un petit appartement du cinquième arrondissement, des petites pièces aux murs blancs, des poutres apparentes. La rue des Bernardins, peut-être. Delphine donnait des graines à son poisson combattant. La scène était totalement exempte de suspense, il ne se passait rien d'intéressant. Elle n'était pas dans la misère, ni menacée. Évidemment, lorsqu'elle pivota sur elle-même, que le mince peignoir de soie s'écarta sur sa peau nue, ce fut une tout autre histoire. Delafeuille se pencha avec attention sur le manuscrit.

Le mince fil blanc du tampon, entre ses cuisses, indiquait que la scène avait lieu quelques années auparavant.

Ce fut plus clair encore lorsqu'elle passa dans la pièce à côté. Une petite fille dormait sur un canapé convertible. C'était vraiment un tout petit appartement, et une toute petite fille. Elle s'approcha, remonta le plaid sur les épaules de l'enfant qui grelottait, lui caressa les cheveux. Delafeuille reconnut, dans ce petit visage fiévreux, la jeune fille qui les avait accompagnés au ski. Il se souvenait d'avoir vu Delphine lui vernir les ongles des pieds. La scène lui avait paru manquer de vraisemblance. Pourtant, à ce moment-là… Il sentit la détresse, la solitude de cette femme. Delphine avait donc été mère célibataire. Une image ancienne, avant l'arrivée de Luc dans sa vie.

Elle s'assit au chevet de l'enfant, regarda autour d'elle avec surprise.

– Je suis si jeune, balbutia-t-elle.

Il éprouva le besoin de s'excuser.

– Oui, dit-il à haute voix. C'est parce que j'ai mélangé les pages. Et comme cet imbéci… votre mari ne pagine pas… je ne sais plus trop dans quel ordre… à quel moment…

Ses yeux se fermaient tout seuls. Serrant les précieuses pages contre son torse, il sombra dans un sommeil agité, errant dans des lieux sombres et dépourvus d'amour.

Les semaines glissèrent les unes sur les autres. Le printemps arriva.

Il eut d'autres sujets de préoccupation. *Nouveau message* était dans les tuyaux. On avait décidé, pour la couverture, de mettre du Pollock, ou peut-être un mobile de Calder, une façon habile de suggérer que le texte avait une signification, qui pouvait en son temps échapper au vulgum pecus, mais qui atteindrait nécessairement la postérité, et qu'il était important de le comprendre au plus vite. Delafeuille accompagnait ces décisions avec le détachement d'un somnambule. Ben, lui, était ravi.

– L'art, je trouve ça vachement important, disait-il. Je trouve ça puissant.

– Vous n'avez pas forcément tort, disait Delafeuille.

Il aimait bien Ben. C'était un garçon intelligent, à sa manière, et curieusement dépourvu de cynisme. Ils avaient simplement quelques décennies d'écart. Un changement de civilisation les séparait, et c'était un fossé qu'on pouvait difficilement franchir. Delafeuille s'en sentait incapable. Mais il éprouvait de la sympathie pour le jeune homme, qui par ailleurs avait probablement sauvé son emploi chez Mirage. Eugénie adorait le projet. Elle en avait plein la bouche.

– J'ai toute la presse. Au fait, vous avez rappelé la nana de *Elle* ? N'oubliez pas de lui mettre quelques éléments de langage dans la bouche, au jeune prodige. Son désir d'aller au-delà du contemporain, d'être dans l'immédiateté, de la travailler comme une matière, enfin tout ce qu'on s'est raconté en réunion. Et bien entendu, vous avez reçu ça par la poste, on ne sait pas d'où il sort, etc.

Dans un moment de témérité qui l'avait lui-même surpris, il avait demandé pourquoi c'était si important pour elle. Il connaissait la réponse, mais il voulait l'entendre le dire.

– Vous plaisantez, n'est-ce pas ? Il faut bien que les gens continuent de rêver. Si on veut qu'ils achètent des livres. Surtout maintenant qu'ils sont tous écrivains.

Elle avait l'air de bonne humeur. Il en avait profité.

– En ce qui concerne l'autre texte… Le portrait de femme, vous savez... Je vous en avais parlé.

– Laissez tomber. On a ce qu'il faut.

De retour dans son bureau, il avait paresseusement fait pivoter son fauteuil vers la fenêtre. Il avait regardé les feuilles pousser sur les arbres, un soleil encore hésitant se déverser entre les toits de zinc.

Donc, voilà, c'était réglé.

Il sortit l'enveloppe kraft de son premier tiroir, la posa sur le bureau. C'était tout de même curieux, la façon dont cette histoire avait évolué. Luc avait disparu. Il avait disparu de l'intrigue, si on pouvait parler d'intrigue. Et il avait disparu pour de bon. Depuis son retour du ski, Delafeuille n'avait eu aucune nouvelle. Il avait essayé d'appeler, une fois, deux fois, puis, devant l'absence de réponse, il avait renoncé. Le boulot l'avait accaparé. Avec une certaine lâcheté, il s'était laissé dévorer par le quotidien. Delphine aussi avait disparu de l'intrigue. En son absence, cela présentait beaucoup moins d'intérêt. Il ne parla plus du projet à Eugénie.

Sans trop s'en rendre compte, il se noya dans le travail. L'été fut caniculaire, circonstance qui contribua à le maintenir à l'intérieur, penché sur des textes auxquels il avait du mal à trouver le moindre intérêt. Il faisait son possible. Il faisait de son mieux.

Il aurait pu oublier cette histoire. Après tout. Il n'était pas né d'hier. Depuis Balzac, le monde du livre, sans être nécessairement le panier de crabes qu'on imagine parfois, ce n'était pas non plus la petite maison dans la prairie. Mais il ne parvenait pas à oublier Delphine.

C'était idiot.

C'était comme ça.

Le soir il avait de plus en plus de mal à rentrer chez lui. Il préférait marcher dans les rues du quartier Saint-Germain, sans but, dans l'espoir de la voir surgir du passé, longue, souple, élancée, ses yeux verts incandescents dans l'ombre d'un panama, ses longues jambes gainées de soie, prolongées d'une haute paire de Louboutin dont les talons claquaient avec assurance, une assurance qu'il savait feinte.

Alors il se serait précipité vers elle, le cœur battant, gesticulant probablement de façon un peu ridicule. Alors elle aurait souri. Pour lui elle aurait cessé d'être cette créature, elle aurait accepté d'être à nouveau gauche et solaire, et simple et spontanée.

– Monsieur Delafeuille ! Qu'est-ce que vous faites ici ? Nous ne nous connaissons pas encore.

– Oui, je sais bien. Je voulais vous dire… Vous n'êtes pas obligée de porter ça. Je sais que vous avez peur de tomber.

– Vous croyez ? Vous croyez que je peux…

– Mais oui. Allons faire le jardin. Vous n'avez plus rien à craindre. Je suis là.

– Vous croyez vraiment ?

– Oui. Appuyez-vous sur moi. Je vous offre un verre en terrasse.

– D'accord. C'est bien agréable de parler avec vous. Je me sens un peu seule, parfois.

– Oui, je comprends.

Il s'installait à la terrasse du Bonaparte, commandait un Nikka. Il y avait là une contradiction, probablement, mais il voulait qu'elle lui appartienne absolument. Donc un Nikka. Il trinquait avec elle, la faisait rire avec ses bons mots. Il était spirituel, charmant, irrésistible.

Il était seul.

La rentrée approchait.

Ce jour-là il revenait d'un déjeuner bien arrosé avec Raoul, décidé à ne rien faire de l'après-midi, ce qui correspondait à peu près à ses facultés du moment, mais aussi à une lassitude générale, lassitude que ledit Raoul ne manquait jamais d'alimenter avec ses propres tendances dépressives. En poussant la porte des bureaux, il eut la désagréable surprise d'apprendre que « son rendez-vous était arrivé ».

– Quel rendez-vous ?

La réceptionniste des éditions Mirage, une vieille fille qui faisait partie des meubles, ressemblait avec une inquiétante exactitude au portrait que Blanche Gardin avait dressé de la profession, jusqu'aux lunettes à monture d'écaille sécurisées par une lanière, sans oublier le petit cardigan marron.

– Je ne sais pas. Une étudiante. Je l'avais noté. Elle a téléphoné trois fois, vous avez fini par dire oui.

Il soupira.

– Je reconnais bien là mon manque de combativité. Et vous l'avez installée où ?

– Dans le bureau de Marine. Je ne pouvais pas décemment la laisser dans l'entrée, avec tous les manuscrits. Où est-ce que j'aurais pu la faire asseoir ?

– Ben, sur un tas de manuscrits.

– Monsieur Delafeuille, vraiment…

Delafeuille se débarrassa de son imperméable avant d'ouvrir la porte de communication avec le bureau de Marine, sa n+1 partie en congé maternité quelque part en novembre. Une étudiante, maintenant. Manquait plus que ça.

Une jeune femme était assise tout au bord de la chaise réservée aux visiteurs. Conscient que le *male gaze* pouvait désormais vous envoyer directement en prison, Delafeuille évita de la regarder trop longuement et lui fit signe d'entrer.

– Je vous en prie.

Elle tendit une main molle, aux ongles faits. Delafeuille

contempla cette main quelques secondes, se dit qu'il devait avoir l'air stupide. Quand même, ce n'est pas comme si je lui mettais une main au cul. D'un geste décidé il lui serra la main.

– Nathalie, enchantée.

– Delafeuille. Asseyez-vous.

Henri ? Paul ? Paul Delafeuille ? Cela ne lui rappelait absolument rien. Il n'avait pas pensé à regarder sur sa carte d'identité. Cette histoire de prénom lui était totalement sortie de l'esprit. On verrait ça plus tard.

– Que puis-je faire pour vous ?

Il tira un siège pour elle. Elle s'assit avec des manières de minaudeuse et il vit qu'elle portait une jupe finalement assez courte, qui laissait voir des cuisses bien en chair. Il contourna son bureau, se laissa tomber dans son fauteuil et joignit doctement les doigts. Il évitait de regarder la fille dans les yeux.

– Comme je vous le disais au téléphone, je suis étudiante en littérature comparée.

– Formidable. Je veux dire : félicitations.

– Merci.

– Et en quoi puis-je…

– J'écris actuellement un mémoire sur le métaroman.

– Le métaroman, oui.

– Il y a un passage important sur les livres dont vous êtes le protagoniste, et je voulais vous poser quelques questions à ce sujet.

Delafeuille se renversa dans son fauteuil.

– Alors là, je vous arrête tout de suite, mademoiselle. Je n'ai rien à voir avec ces livres, qui d'ailleurs n'ont pas été publiés chez Mirage.

– Oui, je sais, mais…

– Pour de plus amples informations, vous ressortez, vous prenez à gauche jusqu'à Saint-Michel, puis vous traversez la Huchette et vous prenez la rue Galande. C'est là qu'ils sont. La Manufacture de livres. Des gens charmants, je suis sûr que vous aurez le meilleur accueil.

– Oui mais, tout de même… vous êtes le personnage.

– Certainement pas. Ce sont des œuvres de fiction, qui mettent en scène un personnage fictif, un éditeur du nom de Delafeuille. Une pure création littéraire. Alors que, vous pouvez le constater, je suis bien réel.

– Pardon, je me suis mal exprimée. (Du coin de l'œil il la vit remettre ses cheveux en place derrière les oreilles, un geste de prédatrice, il fallait se méfier.) Vous avez servi de modèle au personnage.

– Admettons. (Il soupira.) Je croyais en avoir fini avec cette histoire.

– Eh bien, la Manufacture a réédité le premier titre, vous savez. Celui qui était paru chez Rivages/Noir en 2014. Avant ça je n'arrivais pas à mettre la main dessus.

– Oui. C'était le bon temps.

L'ironie de la remarque sembla échapper à la jeune femme, qui reprit avec enthousiasme et conviction :

– J'ai pu mettre en évidence une vraie filiation entre les trois textes, et ce qui est encore plus intéressant, un projet différent pour chacun d'eux. C'est le sujet de mon mémoire, en fait. Je cherche à déterminer en quoi le discours méta n'est pas un discours *per se*, mais une forme qui vise à déchiffrer le réel par d'autres moyens que le narratif pur, qui bien souvent ne fait que l'enregistrer, sans aucun souci d'élucidation d'aucune sorte.

– Passionnant, marmonna Delafeuille.

Soudain il sursauta.

– Comment ça, les trois textes ?

– Eh bien, oui… Les trois romans dans lesquels vous apparaissez.

– Les trois romans ? *Ils* en ont sorti un troisième ?

– Vous n'êtes pas au courant ? Pourtant je suis passée chez Gibert tout à l'heure, il y en a toute une pile.

– Vous plaisantez.

– Mais… non. C'est quand j'ai appris qu'il s'agissait d'une trilogie que j'ai décidé d'axer mon mémoire là-dessus. Sur vous. Je veux dire, sur le personnage de Delafeuille et son rôle dans la métafiction.

– Vous l'avez là ? Avec vous ?

– Quoi donc ?

– Le troisième. Le nouveau, là. Vous en avez un ?

– Oui, je l'ai toujours avec moi.

– Je peux le voir ?

– Oui, naturellement. En revanche je ne peux pas vous le laisser, j'en ai besoin pour mon travail.

Elle fouilla dans son sac, un grand fourre-tout Karl Lagerfeld qu'elle avait posé sur ses genoux. Delafeuille en profita pour la regarder en vitesse. Il fut frappé par sa jeunesse. Un visage sérieux, intelligent. De grosses boucles blondes en cascade sur les épaules, de petites lunettes inquisitrices, une bouche bien dessinée. Une jolie fille, peut-être un peu trop ostensible à son goût.

Elle avait trouvé. Elle lui tendit le livre, aimablement. C'était un geste simple, amical. Il baissa les yeux. Un frisson glacé lui parcourut l'échine.

– Pouvez-vous…

Il n'arrivait plus à parler.

– Oui ?

– Pouvez-vous me lire le début, s'il vous plaît ?

– Le premier chapitre ?

– Oui, juste les premières phrases. S'il vous plait.

Il regardait toujours par terre, la moquette grise entre ses chaussures bien cirées, des chaussures qui sans doute correspondaient au personnage.

Il entendit qu'elle tournait les pages de garde, puis sa voix claire, posée :

– « Delafeuille tomba immédiatement sous le charme de Delphine. Sa haute silhouette, son élégance, la vivacité de sa démarche, une certaine gaucherie préservée, ce sourire solaire et désarmant, elle était bien telle que Luc l'avait décrite : une femme unique, comme on n'en rencontre qu'une seule fois dans une vie, ou, ainsi qu'il l'avait précisé, comme il n'en existe qu'en littérature… »

– Donnez-moi ça !

Se dominant avec peine, il attrapa le livre qu'elle lui tendait par-dessus le bureau. Il regarda à peine la couverture, juste le temps de déchiffrer le titre et de mémoriser l'iconographie, pour le trouver plus facilement, le temps de se débarrasser de cette jeune dame et de retourner voir l'autre con chez Gibert. Un con, il n'y avait pas d'autre mot.

Le Livre de la rentrée.

Évidemment.

Les mains tremblantes, il ouvrit le livre à son tour. *Delafeuille tomba immédiatement sous le charme de Delphine…* Il n'eut pas le courage de déchiffrer le texte plus avant. Il laissa filer les pages entre ses doigts, le temps de voir qu'elle l'avait annoté dans tous les sens, au crayon à papier, soulignant et encadrant des passages entiers, ponctuant ceux-ci de grands points d'interrogation, ou d'exclamation, ou d'autres signes cabalistiques dont la signification lui importait peu. Elle semblait réellement penser que tout cela avait un sens.

Il se hâta de refermer le livre et de le rendre à la fille. Il se frappa le front avec conviction.

– Je viens malheureusement de me souvenir que j'ai rendez-vous avec les représentants. Là maintenant tout de suite. Je ne vais pas pouvoir répondre à vos questions dans l'immédiat.

– Mais… bon. Quand, alors ?

– Au plus vite, au plus vite, bégaya-t-il en enfilant son imperméable à grands gestes circulaires et terrifiants. Quand vous voulez. Ce soir. Demain. Jamais. On s'en fout.

Il contourna le bureau en courant et bondit dans le couloir.

Un personnage de fiction. Une créature de papier. Un être imaginaire.

Il ne se faisait pas d'illusions. L'existence de ce troisième livre n'avait pas d'autre explication. Il aurait pu, naturellement, continuer à se plier à cette sinistre comédie, faire semblant d'y croire. Jouer ce rôle d'éditeur de la vraie vie, qui a prêté ses traits à un personnage fictif, un emprunt somme toute assez banal dans le paysage balisé de la littérature germanopratine, qui s'empare fréquemment de la réputation des uns et des autres et pratique le *name-dropping* à longueur de paragraphe. Mais Delafeuille avait assez de métier pour reconnaître une épiphanie, un *turning point*, le moment où le voile de l'intrigue se déchire sur toute sa longueur. Ce troisième livre, il nageait dedans, depuis le début. Il en était bêtement et simplement le protagoniste. Une fois de plus.

Totalement dégrisé, il était reparti affronter son destin. Il avait remonté la rue de l'École-de-Médecine jusque chez Gibert, grimpé l'escalator quatre à quatre jusqu'au rayon polar et science-fiction où Raoul se livrait à quelque obscure activité comptable derrière sa caisse. Résistant comme il pouvait à l'envie de lui éclater la tête sur le petit comptoir de bois, Delafeuille l'attrapa par le col et le secoua discrètement.

– Où est le dernier de la Manufacture ? Pourquoi tu m'as rien dit ?

Raoul haussa un sourcil.

– Mais de quoi tu parles ?

– *Le Livre de la rentrée.*

– Lequel ?

– *Le Livre de la rentrée.* Il s'appelle comme ça, c'est le titre. Ne fais pas l'innocent, tu sais très bien de quoi je parle.

– Ah oui, celui-là… Il est en litte. Pas mon rayon. Pourquoi tu m'agresses comme ça ?

En litte. Au rayon littérature générale, au premier étage. Ceci expliquait cela. Raoul ne pouvait pas imaginer que lui, Delafeuille, se retrouve dans les nouveautés du premier étage. C'était une petite révolution. Le passage à la *blanche*. Mais oui, bien sûr. Il avait été manœuvré dès le début. Comme un personnage de *noir*, pour le coup. Tout cela se tenait très bien, il devait le reconnaître.

Il se précipita dans l'escalier, redescendit au premier étage, tourna frénétiquement autour des présentoirs horizontaux où s'alignaient en piles conséquentes les titres de la rentrée littéraire, qui avaient pris la place des succès de l'été avec la même régularité mécanique que les plages se vidaient et que les trains de banlieue, à nouveau, charriaient leurs populations laborieuses. Emmanuel Carrère, Virginie Despentes, Amélie Nothomb… Il mit un certain temps à le trouver, peut-être pour cette seule raison que cela lui paraissait toujours improbable, fantastique. Les livres de la rentrée. *Le Livre de la rentrée.* Il était bien là, dans les nouveautés, il avait sa pile comme les autres. Delafeuille le prit dans ses mains, éprouva le poids du volume, pour se persuader de sa réalité. C'était bien le même, celui que Nathalie trimballait dans son grand sac. À en juger par la hauteur de la pile, c'était une première mise en place conséquente, plusieurs milliers d'exemplaires. Peut-être même plusieurs dizaines de milliers.

Comment y croire ? Il y avait donc un passage, à l'intérieur de ce livre, celui-là même qu'il tenait entre ses mains, où lui Delafeuille se précipitait chez Gibert, terrassé par les révélations d'une improbable étudiante en littérature et par tout ce qu'elles impliquaient, se précipitait donc chez Gibert, apostrophait Raoul avant de redescendre au premier étage, trouvait le livre parmi les nouveautés de la rentrée et le prenait dans ses mains.

– Bon, je vois que tu l'as trouvé.

La voix de Raoul. La voix rassurante, chaleureuse de l'amitié, d'un ami qui n'existait évidemment pas plus que lui. Raoul l'avait rejoint. Depuis combien de temps était-il là, à ses côtés, tandis qu'il demeurait prostré, le livre dans les mains, incapable de jeter encore un œil à l'intérieur, trop certain de ce qu'il allait y trouver ?

– Une étudiante est passée me voir. Une étudiante en littérature comparée.

– Ah.

– Elle prétend que ce livre…

Comment expliquer cela à Raoul ? C'était absurde. Si lui Delafeuille, qui avait pourtant l'expérience du phénomène, avait mis tout ce temps à comprendre, comment ce pauvre diable, qui venait tout juste d'arriver dans la fiction et n'y tenait qu'un petit rôle, comment pourrait-il accepter, là tout de suite en quelques répliques, de n'être pas réel ? Et puis, c'était un ami. Comment lui faire ça ? Enfin, il y avait toujours la possibilité, bien mince mais enfin bon, que tout cela ne soit qu'un instant de délire.

– Euh, elle prétend… Enfin, il semble que je sois un des personnages du livre. À nouveau.

Raoul lui prit le volume des mains, avec douceur.

– Effectivement, c'est le même auteur.

– Elle s'imagine… Elle voudrait soi-disant me poser des questions, c'est pour son mémoire. Un truc sur la métafiction.

– Elle est jolie ?

Est-ce qu'elle était jolie ? Oui, naturellement. Il ne pouvait pas s'en empêcher. Luc vivait dans ce monde englouti, où les femmes n'existaient que pour le plaisir des yeux, et celui des sens.

– Je suppose. Elle te plairait. Mais enfin, elle est très jeune.

– Une femme qui donne très envie de théoriser, dis-moi.

– Je ne veux pas lire ce truc.

Raoul haussa les épaules.

– Personne ne t'y oblige.

– Le projet du livre, me semble-t-il, consiste dans un premier temps à entretenir l'illusion que Delafeuille a débarqué dans le monde réel, alors que, bien entendu, c'est le monde réel, ou supposé tel, qui s'invite dans l'univers délirant du personnage.

L'étudiante en littérature comparée reprit sa respiration, sourit à son auditoire.

– Pour élaborer et maintenir cette illusion, l'auteur a recours à un ensemble d'artifices ou de procédés plus ou moins connus. Le protagoniste évolue dans un décor des plus prosaïques, avec des références à l'époque et à l'actualité, dans une démarche très différente donc des opus précédents, qui voulaient se situer hors du temps, dans un temps absolument littéraire pour ainsi dire. Delafeuille fréquente ici des gens qui existent réellement (semble-t-il) avec la même évidente simplicité qu'il fréquentait autrefois Sherlock Holmes, ce qui le déterminait immédiatement comme un personnage fictif.

– Très juste, dit Raoul.

– Il est intéressant de noter que, dès le début, l'auteur s'adresse aux familiers de son personnage aussi bien qu'à ceux qui font ici sa connaissance. C'est évidemment plus savoureux pour ceux qui savent, et qui voient le même système se mettre en place, avec une couche supplémentaire pourrait-on dire. Au moment où l'auteur, ou ce qui lui tient lieu d'avatar, décide de se lancer dans la littérature blanche, Delafeuille obtempère en tant que personnage et abandonne la littérature de genre pour se retrouver dans un univers quotidien et *mainstream*, où tout semble normal.

– C'est ça, normal, marmonna Delafeuille qui était de retour avec les courses.

– Des indices cependant commencent, dès le début de l'histoire, à lézarder la construction de l'édifice : l'auteur joue à nouveau avec son malheureux protagoniste, jusqu'à, retrouvant la filiation avec Andersen, dont il était déjà question dans le *Dernier Thriller*, rejouer le drame de *La Petite Sirène*, précipiter le malheureux éditeur dans une histoire d'amour impossible, avec un personnage qui appartient au monde réel, donc absolument hors d'atteinte. En cela étrangement, il acquiesce à son existence, oui, sa possible existence dans une autre dimension, à laquelle nous autres lecteurs de la vraie vie (ou ce que nous supposons telle) n'avons qu'imparfaitement accès. Bien entendu, les personnages réels du livre sont également des personnages de fiction, à commencer par le personnage féminin.

– C'est très pertinent, tout ça, dit Raoul.

Nathalie lui sourit.

– La rentrée littéraire, d'une certaine façon le folklore germanopratin, constitue ici un genre en soi, un pré-texte si je puis me permettre cet aparté lacanien… lacanienne ? Aparté c'est du féminin ou du masculin ?

– Vous savez, c'est une distinction qui a tendance à disparaître, ces derniers temps.

– Oui mais quand même, dans les universités françaises ils continuent de corriger l'orthographe et la syntaxe sur des bases anciennes, il faut se méfier.

Delafeuille posa les courses sur la table. Il n'écoutait pas vraiment. Ou plus exactement, il mettait un point d'honneur à montrer qu'il n'était pas intéressé. Il avait conscience de ce que cette attitude avait d'infantile, mais il ne pouvait pas s'en empêcher. Il trouvait la fille prétentieuse. Presque arrogante. Madame Je-sais-tout. Insupportable, en un mot.

– Les autres procédés tiennent d'une volonté affichée de réalisme psychologique, parfois un peu trop visible. La participation des personnages aux grands débats de l'époque est un autre moyen de détourner l'attention.

Delafeuille ouvrait ses petits sacs les uns après les autres, peut-être avec un peu d'ostentation. Les champignons, les tomates, les courgettes, la coriandre, le vin, à première vue il n'avait rien oublié.

Raoul, lui, écoutait attentivement. Les coudes sur la table, la tête reposant dans ses mains en coupe, l'expression ostensiblement concentrée, il buvait les paroles de l'étudiante. Tu parles. Il était évident qu'il était plus intéressé par son physique que par son discours.

Delafeuille avait presque érigé en principe le fait de ne pas recevoir chez lui. Il y avait des années, en tout cas, que cela ne lui était pas arrivé. Mais les circonstances étaient, pour le moins, particulières. On ne découvre pas tous les jours qu'on n'est pas quelqu'un de réel. Encore que. En ce qui le concernait, ce n'était pas la première fois. Toujours est-il qu'il avait éprouvé le besoin de se sentir entouré. Il ne se voyait pas passer la soirée seul, dans son petit appartement. Quand la péronnelle l'avait relancé, il avait sauté sur l'occasion pour organiser son petit dîner.

– Huit heures chez moi ? Jeudi ? Mon ami Raoul sera là, vous savez, le libraire de chez Gibert.

La présence de Raoul lui semblait une précaution indispensable. Même si rien de tout cela n'était réel, on n'était pas à l'abri d'un procès. On n'était plus jamais à l'abri, maintenant. Même dans un texte de fiction. Il fallait vachement se méfier.

– D'accord. Vous voulez que j'apporte quelque chose ?

– Je m'occupe de tout. Vous ne savez pas cuisiner, je suppose ?

– Non, je suis une femme moderne.

Delafeuille posa sa poêle sur la plaque à induction. Il fut presque submergé par une grande vague de nostalgie en pensant à ses séjours à Farsac, à la façon dont Delphine veillait sur eux. Les yeux sur la noix de beurre qui grésillait dans la poêle, il se remémora les incroyables cheeseburgers du mercredi, qu'il attendait avec la même impatience que le petit Tommy. Même si tout cela était soi-disant virtuel et s'il n'avait pu, littéralement, en éprouver le moindre plaisir.

– Il semble que l'auteur, n'ayant pas la patience d'attendre que les Cahiers de L'Herne s'intéressent à lui, ou doutant peut-être que la chose arrive un jour, se charge de mettre lui-même son œuvre en perspective. Cette dernière apparition de l'éditeur est à la fois plus simple que les autres, plus limpide d'une certaine façon, moins théorique en tout cas.

Delafeuille haussa un sourcil.

– Dernière apparition ?

– De ce côté-là il y a une forme d'allégeance au discours d'Eugénie, la directrice commerciale des éditions Mirage. Le texte doit émerger sur un marché et tenir compte de ses aléas, dans un monde « tenu par les commerciaux » : le livre de la rentrée se doit d'être bref, lapidaire, pas trop prise de chou. Il s'agit de jouer, une fois de plus, sur le contrat passé avec le lecteur. Mais les personnages, cette fois, ne sont pas entièrement complices du dispositif.

– Elle n'a pas tort, fit remarquer Raoul.

Delafeuille, qui avait commencé d'éplucher les courgettes, braqua son économe sur le libraire.

– Arrête de dire des conneries. Tu es là-dedans comme les autres. Si je vais chez Gibert demain, il n'y a aucune chance que j'y trouve jamais un dénommé Raoul, à part en feuilletant *Le Livre de la rentrée.*

– Mais si on en croit ce qu'elle raconte, je ne vois pas trop comment tu pourrais aller chez Gibert demain.

– Et mettre la table, ça, tu pourrais le faire ?

– Ça va, c'est bon. Tu prends tout ça trop à cœur, tu sais.

Raoul se leva, commença à ouvrir les placards un par un. Nathalie leva les yeux de son mémoire.

– Vous avez un stylo rouge ?

Delafeuille ne put retenir un petit ricanement.

– Je m'étonne de vous voir travailler sur du papier, vous, une femme moderne.

– J'avais oublié de noter, justement, à quoi votre patronyme fait référence... Quelqu'un qui vient du papier, d'un monde de papier. *La Ménagerie de papier*, c'est un titre de Ken Liu, non ?

– J'adore Ken Liu, intervint Raoul. Je ne trouve pas les verres.

– En haut à droite. Non, pas celui-là. À côté. Voilà.

– Delafeuille, donc. Ce personnage si isolé, si peu incarné finalement, au point de ne pas avoir de prénom, éprouve soudain du désir, des sentiments très forts.

Du désir. Des sentiments. Delafeuille la regarda, regarda sa jeunesse. Il se demanda pourquoi elle n'éveillait pas son désir. Le désir des hommes est censé être mécanique, mais la réalité, si tant est que lui, Delafeuille, pût percevoir quelque chose de la réalité, était probablement plus complexe. Les hommes, avait dit Delphine, comme si c'étaient tous les mêmes… Raoul était visiblement fasciné par la jeune femme, son évidente confiance en elle, son intelligence articulée et son charmant minois. Et pourtant, c'était une petite fille. Elle avait à cœur de montrer combien elle comprenait la vie, les livres, et tout le reste. C'était mignon, finalement. Il la détesta moins.

Mais Delphine était une femme. Elle n'éprouvait pas le besoin de montrer, de montrer quoi que ce soit. Dans sa réserve même se tenait en embuscade la richesse d'une vie intime qui vous submergeait dès lors que, sans que vous en ayez eu conscience, elle vous avait accepté dans son périmètre de sécurité. Alors vous étiez perdu. Égaré au cœur même du mystère, et désireux d'y rester. Toute une vie, de petites rides au coin des yeux, ce n'était pas cher payé. Et son sourire, ce n'était pas seulement ces dents blanches et bien alignées qui accrochaient la lumière, c'était le feu des âmes fortes qui vous roulait dessus, rallumait le feu en vous.

– Le livre, bien entendu, existe en tant qu'entité solitaire. Il n'est aucun besoin pour l'apprécier d'avoir lu les aventures précédentes de *l'éditeur de fiction*, ainsi que le personnage est amicalement désigné, et donc mis à nu, dès le premier chapitre. Dès lors, les allusions à ces titres sont-elles autre chose qu'une forme d'autopromotion ? Certes non, elles font partie du dispositif visant à nous présenter Delafeuille comme un personnage possiblement réel, puisqu'il y figure aussi, dans la même temporalité, comme personnage de fiction. C'est en confirmant le caractère fictif de l'un que la réalité de l'autre peut être soupçonnée. Nous pourrions y croire. Lui, en tout cas, tombe immédiatement dans le panneau.

– Bon, ça va bientôt être prêt, dit Delafeuille, qui s'était levé pour aller voir comment ça se passait dans la poêle.

– Il m'est apparu que les protagonistes sont invariablement des personnages de fiction qui se fantasment comme des personnes réelles, ce qui revient pour eux à prendre en charge le processus même de lecture, le travail du lecteur, ce qu'il a d'unique et de passionnant : croire à l'existence d'un être sur la foi de simples signes typographiques, élaborer son physique, sa psychologie, sa présence et même son absence, et pose une question annexe et troublante. Est-ce aussi notre cas à nous ? En termes philosophiques, est-ce le papillon qui rêve de moi à présent ?

– Ah oui, Tchouang-Tseu, intervint Raoul.

– Gnagnagna, marmonna Delafeuille.

– Il est néanmoins intéressant de tisser des liens entre les trois livres, voir comment ils se répondent, comment les mêmes figures se répètent, sur le plan formel. Et notamment le passage à la première personne, présenté comme logique et pourtant immédiatement résorbé. Et sur le plan narratif, par exemple dans ces scènes où les personnages se retrouvent confrontés à la dimension métadiégétique du texte tout en veillant à la préparation d'un bon repas…

– Alors justement, puisqu'on en parle… Raoul, tu veux bien ouvrir le vin ?

– L'auteur est absent de cette scène, on peut se demander pourquoi.

– En même temps, on s'en fout, dit Delafeuille en attrapant une tomate.

– Tu le ranges où, ton tire-bouchon ?

– Ne dites pas ça, on ne s'en fout pas, et je vous prierai de respecter mon travail. Vous savez ce que c'est, d'être étudiant, aujourd'hui ? Vous savez ce que ça a été, avec le Covid ?

Delafeuille rentra un peu la tête dans les épaules. Rien de tout cela n'était réel, et pourtant on pouvait se faire bien engueuler.

– Ça va, ça va, excusez-moi, grogna-t-il. Je suis un peu tendu. Vous le seriez aussi à ma place.

– On va boire un coup, dit Raoul.

Raoul aligna les verres sur la table et servit le vin. Nathalie fit une pause. Ils trinquèrent. L'existence, à nouveau, sembla moins aride. Delafeuille considéra ses invités avec une empathie nouvelle. Apparemment, Raoul passait la soirée de sa vie. Et Nathalie semblait si heureuse d'étaler son érudition. On ne pouvait pas en vouloir aux gens de chercher à se faire du bien.

– Il est pas mal, ce petit côtes-de-Bourg, dit-il.

– Oui, dit Raoul. T'en as eu pour cher ?

Nathalie était de nouveau penchée sur ses notes.

– L'auteur est de loin le personnage le moins crédible de l'histoire, et je me suis demandé pourquoi. C'est un grand sportif, qui joue du piano comme un dieu, maîtrise les arts martiaux, domine sa femme…

– Oui enfin, tout ça c'est lui qui le prétend, ricana Delafeuille. Nous n'avons que sa parole, si j'ose dire.

– Précisément. On peut se demander s'il n'y a pas là une forme d'ironie, à l'endroit de l'autofiction.

– C'est très intéressant, ce que vous dites là, dit Raoul.

– Fais pas semblant de comprendre, maugréa Delafeuille.

– Cela dit, je l'ai rencontré une fois, ajouta Nathalie en souriant. C'est vrai que c'est un beau mec. Très séduisant.

Delafeuille ne fit pas de commentaire. À quoi bon ?

Les salons et festivals littéraires avaient longtemps été un des aspects du métier que Delafeuille préférait. Il aimait sillonner la France, débarquer dans une petite ville qu'il ne connaissait pas, y retrouver des collègues, des auteurs dont il défendait les textes. Il aimait cette ambiance de colonie de vacances où l'on se retrouvait tous au restaurant, où l'on partageait une bonne bouteille, ou deux, ou plus. Il avait sympathisé plus d'une fois avec les bénévoles, qui veillaient chaque année au bon déroulement des évènements, véhiculaient les uns et les autres à droite et à gauche. Il avait pour eux une secrète admiration et se demandait qui pouvaient bien être ces gens, lui qui œuvrait dans un milieu où le bénévolat était pure fiction, où le profit et la recherche d'un statut enviable dirigeaient chaque geste. Il aimait parler avec les libraires, et avec les élus locaux, décrypter les motivations des uns et des autres. Il avait de bons souvenirs de Lamballe, cet improbable petit salon de Bretagne qui drainait des foules entières. De Toulouse, du Havre. De Lunel. De Besançon, qui comptait presque une librairie pour mille habitants. Il aimait les petites chambres d'hôtel, la sensation de déracinement. Il aimait prendre le petit déjeuner en province, où il y a toujours plus d'espace entre les tables, et plus de croissants dans les panières.

Les années avaient passé et, inévitablement, entamé son enthousiasme. Un certain nombre de gens qu'il appréciait avaient disparu, emportés par l'âge, la maladie, ou pour des raisons inconnues. Cela lui rappelait à chaque fois que lui non plus ne rajeunissait pas. Même si Nathalie prétendait qu'il aurait à jamais « entre cinquante et soixante ans, probablement plus proche de la soixantaine dans cette dernière apparition ». Il avait moyennement apprécié les mots « dernière apparition ».

Les années précédentes, un certain nombre de salons avaient été annulés, et quand ils avaient été maintenus, le port du masque obligatoire, le passe sanitaire, la nécessité de déconcentrer les évènements sur plusieurs sites avaient rendu l'exercice difficile, parfois absurde. On était presque surpris de pouvoir à nouveau circuler librement, et à visage découvert.

En septembre, le festival du Livre sur la Place, à Nancy, était la grand-messe du monde de l'édition, l'évènement associé à la rentrée littéraire. Auteurs, éditeurs, journalistes donnaient là le départ de la saison des prix. Le festival offrait à un très large public une programmation unique, éclectique, autour de quelque cinq cents écrivains, auteurs et illustrateurs. Romans, essais, bandes dessinées, tous les genres étaient représentés.

Le Tout-Paris s'y pressait. Delafeuille était venu là pendant des années pour le compte d'Hachette, puis de Flammarion, puis pour son propre compte, et aujourd'hui, à nouveau, pour les éditions Mirage. Cette mondanité à l'air libre, l'allure d'agora d'un autre temps de la place Stanislas, la statue équestre en son centre, tout lui donnait un peu l'impression de se mouvoir dans un roman du dix-neuvième.

À la réception de l'hôtel il croisa Christine Angot, Pierre Lemaitre, Justine Lévy. Des figures connues. Décidément, je suis le seul personnage fictif, ici, pensa-t-il amèrement.

Il récupéra sa clé et se dirigea vers l'ascenseur. Il n'arrivait toujours pas à y croire, pas complètement. Tout autour de lui était si parfaitement réaliste. La gare de Nancy, pour commencer. L'hôtel. La moquette prune, les colonnes blanches de la réception. Et Christine Angot avait exactement la tête de Christine Angot.

Nancy était par ailleurs une ville tout ce qu'il y a de réel. Par acquit de conscience il avait vérifié dans Wikipédia. Située dans la région du Grand Est, la ville était connue pour ses sites de style baroque tardif et Art nouveau. La place Stanislas, datant du XVIIIe siècle, était son lieu emblématique. Cette immense place, décorée de grilles dorées et de fontaines rococo, ceinte des superbes palais et églises dont regorgeait la vieille ville, était inscrite au patrimoine mondial de l'humanité par l'Unesco. C'était là, naturellement, que se retrouvaient les acteurs du festival.

De l'hôtel, on pouvait très facilement s'y rendre à pied. Ce que fit Delafeuille, sitôt qu'il eut posé ses affaires. En chemin il croisa des collègues, des journalistes, un poète dont il avait oublié le nom.

Il traversa la place, éclaboussée de soleil, en direction des stands, où les écrivains, alignés comme des poulets de batterie, s'apprêtaient à signer leurs livres. Il y avait déjà du monde, malgré l'heure matinale. Le neveu de Murnau était sagement assis à son stand, à l'abri derrière des piles de *Nouveau message.* Delafeuille fut pris d'un élan d'affection pour le pauvre garçon qui, en partie par sa faute, allait probablement être porté aux nues et passer à côté d'une vie possible. Mais après tout, c'était peut-être très bien comme ça. Peut-être bien qu'il n'y comprenait plus rien.

Il pensa à Luc. Tu n'as plus les codes, lui avait-il dit lors d'un de ses séjours à Farsac. Cela semblait si loin. Et lui, avait-il encore les codes ?

– Ça va comme vous voulez ? demanda-t-il aimablement.

Ben leva sur lui un visage réjoui.

– Vous croyez que j'ai une chance d'être sur les listes ? Le Goncourt, par exemple ?

– Je crois… (Delafeuille lui tapota l'épaule en souriant.) Nous verrons bien.

Il fit demi-tour, traversa à nouveau la place en diagonale. Murnau approchait, toujours aussi facile à repérer, même à bonne distance. Elle était avec une grande femme en imperméable et chapeau de feutre, façon détective privé sous les néons, en qui il mit un moment à identifier Eugénie.

– Alors ? Notre poulain est bien installé ?

– Un coq en pâte, dit-il. Vous le trouverez sur la droite, tout de suite après Schmitt.

– C'est pas Nothomb, là-bas ?

– On vient de voir ton pote, dit Murnau. Ton auteur préféré, l'exilé, là. Il cartonne, apparemment.

Il mit un moment à comprendre de qui elle parlait. Il essayait de toutes ses forces de ne pas y penser, de faire comme si. Il se débattait pour échapper à la fiction, pour rejoindre le monde réel. Et tout cela semblait si réel. Il pouvait essayer d'y croire.

– Luc est ici ?

– Bien sûr. Pour *Le Livre de la rentrée.* À la Manufacture. Tu n'es pas au courant ?

– Si quelqu'un est au courant, c'est moi, s'emporta Delafeuille. Je… je suis plus ou moins à l'origine de ce livre, figure-toi.

– Ah bon ? Ils te l'ont chouré ?

– Non, je l'ai refusé.

– Mais je pensais…

– Alors tu l'as vu ? Où est-il ?

Murnau haussa ses larges épaules.

– Tout à l'heure il était derrière son stand, il signait à tour de bras. Et puis il en a eu marre. Tu connais le personnage. Il est sûrement quelque part en terrasse, devant un Jack Daniel's, à expliquer la vie à une blonde sexy.

Pour une raison qu'il ne comprenait pas, Delafeuille se sentit personnellement agressé.

– Il est passé au whisky japonais. Et je crois qu'il est fidèle, maintenant.

– Tu m'en diras tant.

– C'est pas Echenoz, là-bas ?

– Excusez-moi, je dois… Je reviens.

Le soleil de septembre, encore chaud, embrasait la place. Delafeuille partit d'un pas décidé, mais il ne savait pas où il allait. Ce n'était pas lui qui décidait de ce qui allait se passer ensuite. Contrairement aux autres personnes présentes, il avait la conviction que tout cela était déjà écrit. En même temps, comment en être sûr, comment en être absolument sûr ? D'ailleurs, il n'avait pas le choix. Dans un cas comme dans l'autre, il devait continuer à s'agiter. Il fit le tour des terrasses, serra quelques mains à la table de Gallimard. Il dut faire deux fois le tour de la place avant de repérer Luc, seul devant sa bière, détendu, souriant, bronzé, l'air d'être là en touriste, comme toujours.

Il hésita. Qu'est-ce que cela pouvait bien signifier ? Une manipulation, encore une autre ? L'heure des comptes ? La confrontation finale, comme dans un roman noir ? Il n'hésita pas longtemps. Il était d'une nature emportée, et puis, il avait des choses à dire. Il se rua en avant.

– Ah, te voilà, toi !

Luc leva sur lui un regard surpris. Il lui sourit. Tout cela semblait très naturel, très vrai.

– Delafeuille. Ça fait plaisir de te voir.

– Pas du tout. Tu m'as bien possédé.

– De quoi tu parles ?

– *Le Livre de la rentrée*. Voilà de quoi je parle.

Luc haussa les épaules. Il écarta les mains, comme pour désigner une évidence.

– Oui, eh bien, quoi ? Tu n'en voulais pas, au final. Tu disais que ce n'était pas moderne, je ne sais plus quoi. Que je n'avais pas les codes.

– Absolument. Je maintiens.

– Bon, alors ? Où est le problème ?

– Tu te fous de moi ?

– Assieds-toi, prends un verre. J'aime pas te voir comme ça. La rentrée littéraire vous met dans un état, tous. Faut arrêter. C'est juste des bouquins.

– Tu ne peux pas dire ça.

– Arrête de dire… Assieds-toi, bon Dieu. Qu'est-ce que tu veux boire ?

– Je ne… Un demi.

Delafeuille tira rageusement la chaise en face de lui, s'y laissa tomber. Il n'arrivait pas à faire le tri dans ses émotions. Il était furieux, pour des raisons qui lui semblaient légitimes, mais qui s'excluaient les unes les autres. Il ne pouvait après tout en vouloir à cet homme, que si « l'auteur » décidait qu'il en allait ainsi dans la suite de l'histoire. Si bien sûr, tout ça n'était pas du délire. Il n'arrivait pas à être sûr. Mais cela même faisait probablement partie du scénario. En même temps, il éprouvait une reconnaissance absurde, à l'idée de pouvoir se poser cinq minutes et boire un coup. C'était toujours ça de pris.

Luc reprit d'une voix plus douce :

– Et arrête de dire que je ne peux pas dire ça. Cette réplique débile. À t'entendre, je ne peux plus rien dire.

– Mais tu ne peux pas dire « c'est juste des bouquins ». Tu ne peux pas dire ça, pas ici. Et surtout pas toi.

– S'il vous plaît.

Une serveuse blonde, avenante, exagérément décolletée, surgie d'un passé sexiste que Luc semblait trimballer partout avec lui, s'arrêta devant leur table.

– Je peux avoir la même, s'il vous plaît ? Et une autre pour mon ami.

Delafeuille regarda la serveuse blonde lui sourire, puis s'éloigner avec diligence. Il ne pouvait décidément pas s'en empêcher. C'était lamentable. Il se tourna à nouveau vers « l'auteur ».

– Tu es retourné à la Manufacture, donc.

– De quoi tu te plains ? J'ai écouté la plupart de tes remarques.

– Remarques ?

– Tout ce que tu as pu dire sur le texte. Mieux, je les ai fait figurer dans le texte. C'est dire combien je les crois pertinentes.

– Pertinentes…

Malgré lui, Delafeuille se pencha en avant. Il avait envie d'en savoir plus, même s'il ne comprenait pas trop pourquoi. Il avait oublié, finalement, que Luc était l'auteur de cette chose. Intervenir sur le manuscrit l'avait bercé de l'illusion qu'il en était en quelque sorte l'instigateur. Cet abruti de surfeur était malgré tout à l'origine du texte, on ne pouvait pas l'oublier tout à fait.

– J'ai tout repris du début.

– Ah bon.

– En fait, c'est toi qui avais raison. Tout ça est très convenu. L'autofiction. À un moment donné, ils sont tous tentés de raconter leur histoire d'amour, d'expliquer combien elle était bandante, etc.

– Oui, ce n'est plus vraiment possible. Ça ne passe plus.

– Oui, bref. Donc je reprends mon système de poupées russes. Et le personnage qui va avec. Delafeuille.

– Moi.

– Exactement. Quand le livre commence, l'auteur a invité Delafeuille dans sa propriété du Sud-Ouest.

– C'est intéressant.

– Oui, parce qu'on va découvrir le personnage féminin, via un regard extérieur, respectueux, exclu des scènes d'alcôve. Ce sera un amour pur.

– Pur…

– Oui, enfin, tu me comprends. J'étais très embêté avec ce nouveau livre. Et puis d'un seul coup, je me suis dit, il y a un autre intérêt à cette histoire. Delafeuille, qui comme tu sais, se retrouve toujours prisonnier de la fiction, est ici réellement dans son rôle. Il découvre le texte et s'y plonge pour rester avec la dame de ses pensées, qu'il fréquente par ailleurs dans ce qu'il croit être la réalité. La confusion finit par être totale entre les deux récits, mais d'une manière plus fluide, plus imbriquée. Tu vois ce que je veux dire ? On ne sait plus si Delafeuille est dans le texte ou *dans* le texte, littéralement je veux dire, on ne sait d'ailleurs plus dans quel texte il est, et c'est normal, parce que c'est le même texte...

– C'est intéressant. Mais cela pose un problème, malgré tout.

– Oui, dis-moi.

La serveuse était de retour avec les bières. Elle en avait profité pour se changer. Elle avait passé un minishort en jean, un petit débardeur qui cachait mal les débordements générés par son push-up, et parvenait à marcher sur les pavés avec des talons de douze, sans rien renverser. Elle avait évidemment sa place dans un clip de rap, mais ici à Nancy, c'était moins sûr. On était vraiment à la limite du registre réaliste.

Elle posa les bières sur la table et disparut. Delafeuille soupira. Tout cela était épuisant.

– Si je suis un personnage de fiction, depuis le début note bien, depuis mon arrivée à Farsac...

– Oui...

– Alors c'est aussi ton cas.

– Mais pas du tout. Je suis l'auteur.

– Mais n'importe quoi. Si vraiment tu es l'auteur de ce texte, dans la vraie vie, comment pourrais-tu en discuter avec moi, qui suis un personnage de fiction ?

Luc fronça les sourcils. Il ouvrit la bouche pour dire quelque chose, la referma. Il semblait pris de court, ce qui n'arrivait pas souvent. Delafeuille poussa un « ah » de triomphe et donna un coup de poing sur la table, à la manière d'un commissaire-priseur clôturant une enchère.

– Je vois que tu es content de toi, prononça Luc au bout d'un moment.

Delafeuille ne répondit pas. Ce n'était pas nécessaire. Il l'avait bien mouché.

– Bon, il faut que je t'explique quelque chose. Cet argument, dont je me suis déjà servi dans un contexte approchant, ne tient pas ici. Ou plus exactement, il fonctionne, mais dans l'autre sens. Si je suis l'auteur de ce texte, tu penses bien que je peux faire tout ce que je veux. Passer à travers les murs, si ça me chante.

– Prouve-le.

– En fait, je décide de chacune de tes répliques, en ce moment même.

– Des clous !

– Mais si. Par exemple, là tu vas dire : « Tu essaies de m'embrouiller. »

– Tu essaies de m'embrouiller !

– Tu vois bien.

Delafeuille vira au mauve. Il se mit à tressauter sur sa chaise de façon inquiétante.

– C'est du bluff. La vérité, c'est que je suis tout ce qu'il y a de réel. Je suis un vrai éditeur de la vraie vie. J'ai travaillé en Afrique pour le groupe Hachette.

– Ne sois pas naïf. C'est de la *backstory.* J'ai interviewé des éditeurs, des vrais, pour étoffer le personnage, lui donner un peu de… eh bien oui, si tu veux, une certaine crédibilité. Pour une fois que je fais un peu de recherche, tu ne vas pas me le reprocher.

– Quoi ?

– Je suis censé te donner cette information. Tu peux en faire ce que tu veux.

– Je ne vois pas ce que ça change. Franchement.

– Mais arrête de prendre ces airs supérieurs et pisse-froid, enfin ! Soit tu es complètement bouché, soit tu fais exprès de ne pas comprendre. Je suis l'auteur, mais *légèrement décalé*. Ce qu'on appelle un avatar.

– Mais quel est le but ?

– Le but ?

– Le sens de ce livre. C'est pour critiquer le système ?

– Mais pas du tout. Je suis très content d'être là. Tu sais que ce lieu est classé au patrimoine de l'humanité ? Et puis, on a du soleil. Il y a un moment que nous n'avons pas eu l'occasion de savourer une petite bière en terrasse tous les deux, et moi ça me fait plaisir. Tu devrais profiter de l'instant, au lieu de t'agiter comme ça.

Delafeuille attrapa sa bière d'un geste rageur et en éclusa la moitié. Cela dit, elle était bien fraîche, très agréable. Il fallait le reconnaître. Il se sentit plus calme, les idées plus claires. Mais le tranquille détachement de son vis-à-vis, son petit air de se foutre de tout lui portait décidément sur les nerfs. Il essaya une autre approche.

– *Nouveau message* va probablement avoir un prix.

Luc prit lui aussi le temps d'une gorgée de bière avant de répondre.

– Mais bien sûr que non. *Nouveau message* n'existe que dans *Le Livre de la rentrée. Nouveau message*, c'est mon idée.

– Mais pas du tout. C'est l'idée de Ben Murnau !

– Ben Murnau aussi, c'est mon idée. Tout, ici, est mon idée.

Toi aussi. *Nouveau message*, c'est un bouquin auquel j'ai renoncé. Je pense que ça aurait pu marcher, pour les raisons exposées au chapitre… je ne sais plus lequel, bref, mais je ne me sentais pas la force d'aller au bout. *Le Colonel Moutarde*, pareil.

– Je ne comprends pas.

– Ici je dois te citer Borgès. « Délire laborieux et appauvrissant que de composer de vastes livres, de développer en cinq cents pages une idée que l'on peut très bien exposer oralement en quelques minutes. Mieux vaut feindre que ces livres existent déjà, et en offrir un résumé, un commentaire. »

– Mais… tu n'as pas envie que ça marche ?

– Mais oui, bien sûr. Des murs entiers. Mais ce n'est pas le plus important.

– Alors quoi ?

Luc allait répondre, mais il n'en eut pas le temps. Delafeuille se redressa soudain sur sa chaise, les yeux fixes.

– Mais si nous sommes dans un livre…

– Je te le confirme. On y est bel et bien. Jusqu'au cou.

– Mais alors… Delphine…

– Quoi, Delphine ?

– Elle n'existe pas non plus.

– Ah, Delphine, si. Si, bien sûr. C'est quelqu'un qui existe. D'ailleurs Franck, mon voisin, tu te souviens ? Franck l'a vue dans un film, il l'a vue à la télé. Même si, je te l'accorde, il a fait ça à l'intérieur de la fiction.

– Mais alors…

– Alors, rien. Ne te monte pas la tête. Tu es fictif, donc rien n'est possible avec elle. D'ailleurs, je te rassure, dans le monde réel non plus, je ne suis pas sûr qu'il aurait pu se passer quelque chose.

Où trouver la dame de ses pensées ? Où la retrouver, alors qu'elle vous a abandonné, plus totalement, plus définitivement qu'il n'est humainement possible de l'imaginer ?

Dans le monde réel, ou supposé tel, cela devait également poser des problèmes. Les gens déménageaient, partaient sans laisser d'adresse. Ils changeaient de numéro de téléphone, de nom si c'était nécessaire. Et puis, quand bien même on savait où les trouver. Une femme qui vous rayait de son existence, partait vivre au Canada, en Chine ou Dieu sait où ? Avec un autre homme ? Que faire dans ces cas-là, prendre un avion ? Croire que l'amour déplace les montagnes, qu'il permet de retrouver une inconnue dans une mégapole ? Et si par extraordinaire on retrouvait sa trace, la convaincre que sa place est auprès de vous, contrairement à ce qu'elle imagine ? Et hop, retour à l'aéroport. Baiser final. The end ?

Eh bien non, cela n'arrivait pas dans le monde réel. Et pourtant les épreuves à surmonter y étaient minimes, si on y réfléchissait deux minutes. Elles étaient circonscrites par les limites du réel, justement. La dame de vos pensées pouvait partir pour Shanghai, effectivement, mais pas beaucoup plus loin. Mais ici, dans un monde de fiction ? Elle pouvait être sur Mars. Elle pouvait être sur Bételgeuse. Dans la dimension Z. Au-delà, ou même en deçà de la nanosphère.

En arrivant gare Montparnasse, Delafeuille essaya de se raisonner. Ce n'était pas ce genre de fiction. En dépit d'un certain nombre d'invraisemblances, on restait dans un registre réaliste, comme l'avait souligné l'étudiante, Nathalie Machin. Un passage au Relay H lui permit d'en avoir la confirmation. Le décor était très soigné, on trouvait même *Auto Plus*. Il en profita pour prendre des nouvelles du monde réel. Salman Rushdie avait été agressé à New York. Salman Rushdie, après toutes ces années ? Combien de temps cela tiendrait-il sur les réseaux sociaux ? Moins longtemps que la guerre en Ukraine, certainement. Notre besoin d'être abreuvés de plus en plus vite de mauvaises choses. Par curiosité, il jeta un œil sur sa tablette. Il vit que les ventes de ses livres explosaient. Rupture de stock. Oui, bien sûr. Et nous, alors, chez Mirage ? À quoi était-on prêts pour le livre de la rentrée ?

Tout cela était prosaïque, proche de la vraie vie, même si les dates se télescopaient un peu. Métafiction ou pas, le projet du livre était respecté. Il s'agissait de maintenir une illusion de réalité, ou disons, de réalisme. D'écrire des choses plausibles, ou presque. Elle n'était pas sur Mars.

Et puis, il y avait toutes les chances que cela se termine comme ça avait commencé. Cette manie de faire des boucles. C'était évidemment satisfaisant pour l'esprit, mais on n'avançait pas.

Son train venait de s'afficher sur le tableau des départs. Il se dirigea vers le quai, consulta à nouveau l'appli SNCF sur son portable. Il était donc en voiture 7, place 64. Voilà, encore ces petits détails inutiles, ces signes de reconnaissance qui ne servent en rien la narration, mais sont censés convaincre le lecteur que tout cela est bien réel.

Le train partit à l'heure dite. Deux heures jusqu'à Bordeaux, vingt-cinq minutes de correspondance jusqu'à Farsac. Delafeuille regarda les wagons tagués, les murs tagués, les immeubles tagués qui défilaient comme un musée à ciel ouvert. Une petite pluie triste tombait sur les rails. Il avait pensé à prendre un livre avec lui. Mais il n'arrivait pas à se concentrer. Quel était d'ailleurs ce livre ? Il retourna le lourd volume entre ses mains.

Fragments d'un enseignement inconnu. Quelle idée. Cela ne va même pas dans la trame générale. C'est probablement ce qu'il est en train de lire ces temps-ci. Il prend de l'âge. Il cherche des réponses. Il revient à d'anciennes passions. N'importe, il est bien atteint.

Peu avant d'arriver à Angoulême, le train s'arrêta. Le haut-parleur crachota.

« Mesdames et messieurs, notre train est actuellement arrêté en pleine voie, suite à un accident voyageur. Nous vous demandons de ne pas chercher à descendre. »

De l'autre côté de la rangée, l'homme chauve qui travaillait dans la dif, et qui semblait faire partie du wagon au même titre que les fauteuils et les compartiments à bagages, hocha la tête avec fatalisme.

– Tant qu'on n'a pas passé Angoulême, c'est impossible de prévoir une heure d'arrivée, grogna-t-il.

La gare de Farsac était toujours là, une petite maison blanche aux tuiles carmin qui abritait deux banquettes et un distributeur de boissons fraîches. Au mur de façade, penchée sur lui comme un œil unique, une grosse horloge semblait compter un temps révolu, un temps d'autrefois, avec sa grande aiguille qui tressautait toutes les minutes.

Delafeuille emprunta la passerelle, prit le temps de regarder la voie ferrée qui filait rectiligne vers l'horizon, des deux côtés, comme dans un dessin animé de Tex Avery. Les mêmes gestes qu'à son premier séjour. Était-ce hier ? Des années auparavant ? Comment savoir, il avait mélangé les pages. Et puis, le temps était une illusion. Une catégorie de la pensée, soumise à des révisions perpétuelles, quand ce n'était pas à des tsunamis.

Delphine l'attendait sur le parking, dans une longue robe fluide qui dansait autour d'elle quand elle vint à sa rencontre. Le temps était décidément une illusion, si cette femme avait réellement l'âge qu'elle prétendait avoir. D'ailleurs, quelle importance ? Il s'était préparé à se plaindre, à faire une scène, à lui reprocher tout et son contraire, comme font les gonzesses aurait dit Luc.

Elle apparaît et le voilà désarmé, sa rancœur s'envole comme si elle n'avait jamais été là. Il se sent léger, délivré.

– Delphine, je… Vous êtes sublime.

– Merci. Pourquoi n'avez-vous pas prévenu ? C'est Luc qui m'a dit que vous étiez dans ce train.

– Mais comment peut-il le savoir ?

– Vous ne le lui avez pas dit ?

Je suis l'auteur, mais légèrement décalé. Oui, bien sûr, Luc était forcément au courant.

– Mais… il n'est pas là ?

– Non, il est à Nancy. J'étais surprise. Je suis contente de vous voir, bien sûr, mais je pensais… Luc étant à Nancy…

Delafeuille n'osait pas la regarder en face. Bien sûr, ce salaud avait organisé la rencontre. Exactement comme il l'avait fait la première fois. Comme tout avait changé, depuis cette première fois. Tout semblait si réel, alors. Et c'était juste un bouquin.

– Venez, vous devez être fatigué par le voyage. J'ai préparé votre chambre.

Il leva les yeux sur elle. Ces répliques surannées, sorties d'un roman du dix-neuvième. Le temps des calèches, des draps de lin. Des lettres parfumées. Le temps des grands romans, des textes éternels. Elle avait connu Balzac, c'était évident.

Lui parler. Mais comment lui parler ? Où trouver la force ? Il lui emboîta le pas, traînant la petite valise à roulettes dont il avait oublié l'existence, et qui faisait toujours un bruit infernal sur le bitume.

Pablo, lui aussi, l'accueillit comme un familier de la maison. Ce qu'il était, à vrai dire, depuis le début de l'histoire. Le chien lui sauta au cou, avant de repartir se coucher dans l'herbe éclaboussée de soleil. Malgré lui, il épousseta son manteau, même si cela n'avait plus aucun sens.

– Tommy n'est pas là ?

– L'école a repris. Voulez-vous un verre de quelque chose ? Un jus d'orange, ou bien ?

– Ce que vous voulez.

Il s'installa sur un des hauts tabourets du bar, dans la cuisine aux allures américaines, à la place même qu'il occupait quand il l'aidait à préparer les légumes, lors de son précédent séjour. Il pouvait croire, alors, que des choses étaient possibles. Oh, bien peu de choses. Des choses réelles, malgré tout.

Et maintenant…

– Oui ? interrogea-t-elle simplement.

Il prit le temps d'une gorgée de ce qu'elle avait servi, dans un verre chargé de glaçons.

– Voyez-vous, je pense, je soupçonne… je *sais* que vous êtes quelqu'un de réel.

Elle eut ce rire clair, simple, joyeux, qu'il aimait tant, et qui le surprenait à chaque fois.

– Vous êtes décidément surprenant, monsieur Delafeuille. Je suppose que je dois prendre ça pour un compliment ?

Delafeuille soupira, fit tourner son verre entre ses mains.

– Je n'en sais rien, pour tout vous dire. Je ne sais pas si c'est un sort enviable, ou bien… Écoutez, ce que j'ai à dire est compliqué… Je suis désolé d'avoir à vous demander ça, mais… Pouvez-vous m'aider ?

Elle haussa les épaules. Chaque geste, précis, évocateur, confirmait l'existence de ce corps, quelque part.

– Si c'est dans mes moyens, naturellement.

– Nous sommes… Ceci est une fiction. Cette pièce, le soin avec lequel elle est agencée. Ce petit verre, le regard interrogateur que vous levez sur moi. Pablo, qui fait le tour de la piscine la truffe au sol, les renoncules sur lesquelles vous veillez avec tant de soin. Les cyprès qui s'enfoncent dans le ciel, là-bas au fond, le ciel lui-même avec sa promesse d'orage, et moi, ici, en train d'essayer laborieusement de vous expliquer ce que vous savez déjà… Que nous sommes à l'intérieur d'une fiction.

– *Le Livre de la rentrée.*

– Oui.

– C'était inévitable. Vous êtes venu ici pour ça.

– Oui, je ne cherche pas à me dédouaner. Je sais que j'ai ma part de responsabilité là-dedans.

– Vous êtes venu pour ça, insista-t-elle. Donc, oui, maintenant, le livre existe. Croyez-moi, Luc a vraiment bossé, il a mis beaucoup de lui là-dedans.

Et beaucoup de moi, pensa Delafeuille. Mais il pouvait difficilement aller contre ça. Elle avait raison. S'il n'avait pas eu la trouille de perdre son boulot chez Mirage, rien de tout cela ne serait arrivé.

Elle alluma une cigarette. C'était la première fois qu'il la voyait faire ça. Comme toujours il était fasciné par ses gestes, sa façon de porter la cigarette à ses lèvres, de craquer l'allumette. Ces mains étaient vraiment trop particulières pour avoir été créées de toutes pièces.

– *Le Livre de la rentrée*, oui. J'ai dû me rendre à l'évidence, une fois de plus. Je suis bel et bien un éditeur de fiction. J'avais l'impression d'en être sorti, ce coup-ci, mais c'était encore un leurre. Un effet de style. Le passage à la *blanche*. Bref. Comme vous le savez, j'ai lu et relu attentivement le manuscrit, et il m'est apparu que certaines choses étaient trop précises, pour avoir été purement et simplement inventées.

Elle prit le temps de tirer sur sa cigarette. Delafeuille remarqua les ondulations soignées de ses cheveux, les taches sombres des aréoles, hautes sous le chemisier blanc, les ongles faits. Étonnant comme, à l'heure des aveux, elle ressemblait à une héroïne de *noir*. Je ne suis pas sexy, disait-elle. Tu parles.

– Certains de ces évènements sont peut-être arrivés, prononça-t-elle avec prudence. C'est quand même une fiction, ne serait-ce que parce que vous êtes là.

Elle lui sourit, soudain. C'était la première fois depuis son arrivée. Comment le décrivait Luc, déjà ? Ce sourire qu'on ne pouvait pas plus ignorer qu'une main posée sur sa bite. Le registre de vocabulaire était discutable, mais il y avait quelque chose d'assez vrai là-dedans.

– Je m'étonne d'ailleurs, dit-il, d'avoir été autorisé à vous revoir… étant donné les circonstances.

– Vous savez, les auteurs disent parfois que leurs personnages leur échappent, font un peu ce qu'ils veulent, contredisent les plans établis pour l'intrigue. C'est la preuve qu'ils ont une vie bien à eux.

Il hocha la tête, baissa les yeux sur son verre. Elle essayait de le rassurer. Notre mère à tous ? Faisait-il partie de ses animaux ?

– Vous dites ça…

– Et puis, vous deviendrez peut-être un classique. Qui sait ? Vous avez pensé à ça ?

– Un classique, répéta Delafeuille, les yeux fixes.

– Moi je vais devoir faire les courses pour la semaine, promener le *iench*, étendre le linge, aider le petit avec ses devoirs. Tous les jours que Dieu fait. Nous allons probablement quitter Farsac, de cela aussi il faut que je m'occupe. Quand le livre sortira, Dieu seul sait où nous serons. Où nous allons échouer. Luc aime beaucoup le double sens de ce mot.

– Arrêtez de parler de Luc comme si c'était quelqu'un de réel. C'est un avatar, il me l'a dit lui-même. Il est légèrement décalé.

– Ne vous y trompez pas. Je pense qu'il vous a chargé d'une part de lui-même. Le côté délicat.

– Ah, vous… vous croyez ?

– J'en suis sûre. Un homme qui doute perpétuellement de lui-même, qui se sent coupable de tout, qui essaie malgré tout de bien faire. En toutes circonstances. Un amoureux transi. Quelqu'un qui est capable d'entendre les désirs de son petit garçon. Le personnage serait trop complexe. Plus personne ne peut croire qu'un homme ne soit pas unidimensionnel. Qu'il peut changer dans le temps et dans l'espace. C'est pourquoi le pardon n'existe plus, sous aucune forme.

– Mais alors, je… Vous voulez dire…

Elle consulta son téléphone, qu'elle avait posé sur le bar.

– Dans la vraie vie il faut vraiment que j'aille faire les courses, et je dois y aller sans tarder, avant d'aller chercher Tommy. C'est ça, la réalité. Vous n'avez pas idée…

À nouveau, elle haussa les épaules.

– Et si ça se trouve, je suis vieille et moche.

– Je suis sûr que non !

– Mais cela finira par arriver, inévitablement. Vous qui avez lu Salter… *Nous sommes entrés dans la rivière souterraine de nos vies.*

Elle eut l'air totalement désespérée, d'un seul coup. Cela le prit au dépourvu. Le passage du temps était-il à ce point douloureux ? Pour une femme qui avait l'habitude d'être courtisée, désirée, même si elle pensait avec cette clarté-là, même si elle attendait avec impatience d'être grand-mère, cela pouvait-il ainsi lui transpercer le cœur, avec cette soudaineté-là ? Et n'était-il là que pour le lui rappeler ? Il n'arrivait pas à imaginer, il n'avait pas idée, comme elle le disait. Peut-être qu'il ne pouvait pas comprendre.

Cette confrontation d'un personnage de fiction et d'une personne réelle ne pouvait être, pour le coup, qu'une vue de l'esprit. Il fut soulevé par une bouffée de colère. Je suis peut-être fictif, songea-t-il, mais ce que j'éprouve est bien réel.

Elle inclina la tête, en un geste d'excuse, ou ce qui y ressemblait.

– Vous, en tant que personnage de fiction, vous disposez d'une certaine liberté. Votre physique, vos capacités…

Il tapa du poing sur le bar.

– Mais pas du tout, c'est exactement le contraire. Vous voyez bien, enfin. Tout est écrit. En ce qui me concerne, tout est déjà écrit. Dans le monde réel, excusez-moi, vous avez toujours le choix.

– Oui, c'est l'illusion que nous avons sur nous-mêmes. En fait, nous répétons sans cesse les mêmes erreurs. Vous savez, la compulsion de répétition. Et je ne peux échapper à ma façon d'être, voyez-vous… Je ne peux même pas m'exprimer d'une autre voix que la mienne, ou perdre tout à coup vingt centimètres, être enfin la petite chose que j'ai toujours rêvé d'être… Pour nous aussi, il semble bien que tout soit écrit.

À cela non plus il ne sut que répondre. Elle posa une main sur son bras. Il tressaillit.

– À vous j'ai dit des choses que je n'ai jamais dites à personne. Je pouvais me le permettre, puisque c'est un texte inventé, un fantasme de confidences, ce ne sont même pas vraiment les miennes et pourtant…

– Mais vous êtes réelle ou pas ? Je m'y perds un peu.

– J'ai un modèle. Moi, moi c'est… tellement difficile d'y voir clair, ce n'est qu'une suite de mots, des pattes de mouche sur la page censées lui donner vie, me donner vie. Mais oui, c'est elle, c'est moi, telle qu'il la voit. Une idée d'elle, une trace d'elle avant qu'elle disparaisse.

Il hocha la tête. Ainsi tout était vrai. Tout ce qu'il avait soupçonné depuis le début, cet indicible malaise… Il était bien là avec elle, dans la cuisine aux airs de film américain, sur ce haut tabouret de métal, ses lèvres à quelques centimètres des siennes. Et pourtant, il n'y avait aucune chance qu'il pût un jour la rejoindre.

– Ne faites pas cette tête-là, dit-elle avec douceur. Je comprends ce que vous ressentez. Je sais l'effet que ça fait d'être un personnage de fiction.

Il soupira.

– Oui, mais moi je ne suis que ça. Je n'ai pas de modèle, je suis une création pure. Arrivé là sur la page parce qu'il avait désespérément besoin d'un éditeur. Même si je prétends que cette découverte a été un choc. C'est de la fiction, c'est aussi de la fiction.

– Oui, à un moment donné, la fiction s'arrête, et si ce que vous dites est vrai, eh bien, qui je suis réellement va continuer à vivre. J'ai servi de modèle, voilà, c'est terminé, on repose le livre, il retourne dans les rayons, et je dois continuer, faire les courses, aller chercher Tommy…

– Donc nous ne… Je veux dire, tout est écrit. Encore une fois. Notre rencontre, et comment ça se termine. Et je suis prisonnier de cette boucle, et ça va s'arrêter.

– Oui… D'un autre côté, en ce qui me concerne, ça va s'arrêter pour de bon, un jour ou l'autre. Et vous continuerez d'exister sur la page, pendant ce temps.

Il ne put réprimer un petit rire amer, en pensant à ce qui se passait à Nancy.

– Oui, enfin… cela ne durera pas longtemps. Il faudrait que le livre devienne un classique, comme vous dites. Regardez ce qui est arrivé à Honoré d'Urfé. Ce n'est pas gagné.

– Quand bien même… Il restera toujours un exemplaire quelque part. Qu'on retrouvera dans un grenier, dans une brocante. Qu'on exposera quelque part comme un artefact des siècles passés. Je serai depuis longtemps retournée à la terre, à ce moment-là.

Delafeuille se sentit envahi d'une grande vague de tristesse. Il n'osait plus la regarder. Elle ajouta, baissant la voix :

– Dans ces bouquins japonais qu'il affectionne, on dirait « l'encre dure plus longtemps que les larmes », quelque chose comme ça…

Il sentit le passage furtif de sa main sur sa joue.

Avait-il rêvé ?

Avait-il désiré ce geste au point que la phrase avait fini par s'écrire, sans qu'il soit possible de l'arrêter ? Sans que l'auteur lui-même…

Il hésita. Après tout, si c'était une fiction, rien ne l'empêchait de le dire. Il pouvait tout dire. Il pouvait tout se permettre, si ce n'était pas réel.

– Je… je vous aime.

Il leva les yeux. Elle n'était plus là. Si cette femme était un personnage réel, quelque part, elle était retournée à sa vie en trois dimensions, pour lui aussi mystérieuse qu'il est possible.

– Je vous aimerai toujours, ici, dans ce livre. Je vous aimerai pour votre douceur et votre gentillesse, ces choses oubliées, démodées, méprisées.

Il passa sur la terrasse. La maison était sortie intacte de cet été de vent et de flammes, le jardin reverdissait, les cyprès s'élançaient toujours derrière le cabanon, noirs contre le ciel clair. Dans la piscine leurs jumeaux inversés pointaient vers le centre de la terre. Des fleurs dont il ignorait le nom, rouges comme le sang, blanches comme la neige, se montraient à nouveau contre l'ombre des murets. Habitait-elle vraiment un endroit comme celui-ci ?

Cela ne changeait rien, à vrai dire. Lui, Delafeuille, devait demeurer là, sur la page où s'alignaient les caractères d'imprimerie, dans la police choisie par l'éditeur, le vrai, vivre sa solitude et son inconsolable chagrin jusqu'à la dernière ligne, jusqu'au dernier mot.

Il vit Pablo. Le beagle, allongé dans l'herbe, avait levé la tête à son approche. Il remuait la queue.

Un dernier tour ? songea-t-il. Pourquoi pas, après tout.

– Pablo, dit-il.

Le chien le suivit dans l'allée.